いまいち萌えない娘
公式設定資料

小説

いまいち萌えない娘

森田季節

登場人物紹介
生田《いくた》部長
津名《つな》
（通称・マダム）
デザイナー

CONTENTS

柏原《かいばら》
（通称・MAD）
技術担当
滝野《たきの》
ディレクター

陽子《ようこ》
阪神担当・コスプレモデル
可音《かのん》
播州担当コスプレモデル

いまいち萌えない娘
今井知菜
(変身前)

千里《ちさと》
淡路担当コスプレモデル

本書は、神戸新聞の求人に端を発した事実をもとにしていますが、物語自体はフィクションです。実在する人物・団体等とは関係がありません。

誕生のヒミツ

あの、本当のことを言いますね。

実は、「いまいち」って、言われるの、ちょっとうれしかったんです。

あっ、これやと変な人みたいや！　マゾの人みたいや！　理由を説明するから聞いて下さいね！

わたし、もともと、絵本を作るのが夢で、そういう絵も描いてたんです。いや、今も描いてますけどね、あんまり気づかれてないだけで……。

それで、ネット上にイラストを掲載するサイトありますよね。ああいうところに、絵本のイラストをアップしてたんです。せやけど、アクセス数が二桁……。何も知らん人に言っておくと、とにかくすご～く少ない数なんです。

もう少し、アピールをせんとあかん、これからは積極的に生きていく時代や～と思って、ツイッターもはじめてみたけど、こっちもフォローしてくれる友達も少ないし……三十人もおらんかったかな……。

そんな散々な状態やったんです……。悲惨という言葉がぴったりやったと思います。

もちろん、趣味のレベルのことなんやし、不特定多数に公開して、何人かにでも見てもらえるだけでも幸せやんか、そういう意見があるのはわかってますし、そういう気持ちもわかります。

せやけど、見てくれる人数が少ないと、生まれんものがあるんです。なんやと思います？　そこまで難しいものやないですけど。評価なんです。

良いも悪いも評価がないんです。当たり前ですよね。わざわざ感想を言うてくれる人は、見てくれる人のごく一部やろうから、見てくれる人が少なかったら評価だって生まれんわけです。

その評価が全然ないと、すごく怖くなってくるんです。わたしの絵、ほんまに誰か見てくれてるん？　実は全部わたしの勘違いなんちゃうかって……。

下手やって思いっきり否定するんでもいいから何か言ってや！　そう思ってました。新聞社の仕事かってバイトやし、将来がどうなるかもわからんし………あかん、暗くなりすぎてもた！　今はもうちょっと明るいですから！

そんなボロボロなわたしのところに来たんが、あの「いまいち萌えない娘」の仕事やったんです。

自分なりに描いてみましたけど、はっきり言って全然ダメなんには変わりはありませんでした。よかったら、いまいちなんて呼ばれるわけないですもんね。

でも、「いまいち」ってみんながずっと呼んでくれるようになって、だんだんとそれが気持ちようなってきたんです……あかん、やっぱり変な趣味の人みたいや！　そういう意味やないですから！

だって、「いまいち」も評価のうちですからね。

誰からも相手にされんかった自分が、「いまいち」という評価をたくさんもらえるようになった。本当にうれしいし、誇らしいぐらいなんです。そんな気持ちになれへんかったら、ずっと「いまいち」って呼ばれてやっていくなんて無理ですよね。

というか、みんなが呼ぶ「いまいち」にこもる言葉の意味も変わってきたんやと思います。そこに見守る視線とか愛情とか、いろんなものが混ざってきたんかな〜って。

あっ、ここで何か言うんでしたっけ？　えっ、再現映像が入るから、ご覧下さいって言う？　すいません、忘れてました！　ここはカットしておいて下さい！　はぁ……こういうところもいまいちなんやわ……。しまらんわぁ……。

そしたら、いまいち萌えない娘の制作秘話、ご覧下さい！

★★★

「通ったはいいけど、これからどうするんだよ……」

滝野《たきの》は自分のデスクで頭を抱えていた。

夜もふけ、社内に残る人間が減るにつれて、彼の独り言は増えてゆく。

時間さえかければどうにかなる仕事ならまだいい。それなら、残業すればいいだけだ。ただ、今回の件だと、そうはいかない。いわゆる頭を使う仕事だ。ひらめきが生まれないと、一歩も進むことができない。

仕事は速いほうだ。どちらかといえば、企画を立て、実働部隊に催促をかけることのほうが多い。自分がスケジュールに追われることなんて、そうそうなかった。だからこそ、余計に余裕がない。

二〇一〇年も暮れに差しかかっている。

資料には、雇用開始が二〇一一年一月下旬見込みと書いてある。

遅くとも一月中旬には決めてしまわないと間に合わない。逆算すれば残り三週間ほど。しかも正月休みも含めての三週間だ。

「やっぱり、生田《いくた》部長に無理だって頭下げるかな。いや、それは癪《しゃく》だ……」

自分で出した案をすぐにボツにして、滝野はパソコンのレイアウトページとにらみ合う。

とにかく形にしろ。

お前はオタクじゃないか。滝野は自分に言い聞かせる。それも生田部長のように古いオタクではない。今のオタクの気持ちが自分にはわかる。ならば、オタクの心をつかめる企画も作れるはずだ。

けれども、決定的に足らないものがあった。

素材がない。

ホームページのための看板娘がいない。

事の発端はその二か月ほど前に遡る。

兵庫県の緊急雇用創出事業の受託先の一つが滝野の勤める新聞社に決まった。

ここで、緊急雇用創出事業というものについて簡単に説明をしておいたほうがいいだろう。乱暴に説明すれば、県がお金を出して、新しい職を「創出」し、臨時の就職先を作るものである。

あくまでも臨時なので、雇用期間にも定めがあるが、県からお金が出る分、まれに見慣れない変わった求人が出ることもある。

そして、新聞社が担当することになったものも、サブカル関連の求人という変わったものだった。

これには生田の個人的な趣味も反映していた。部長の生田は古い意味でのオタク、サブカルにも興味・関心が強かった。せっかくなので自社でそんなものを募集できたら面白いなと思ったのだ。

はっきり言って新聞社というとお固いイメージがあるし、それはそこまで間違ってもいない。信用を失ったらやっていけない業種なのだ。生田も仕事のほうでは、堅実に実績を重ねてきた。遊びと仕事を混同するようなこともなかった。

だが、長く勤めているうちに、多少発想が柔軟になった。

それなら、遊びのような仕事を作ればどうだろうか。仕事を真剣にしながら、同時に遊んでいるような感覚にもなれる、そんな一粒で二度おいしいことができないだろうか。そんな折に、緊急雇用の話を聞いたのだ。

そこで、部下の滝野に「サブカルをテーマにして企画を書け」と白羽の矢を立てた。滝野の本業は企画屋だ。新聞社といっても、取材をしたり、記事を書いたりする部署とは異なる。今回の話にはちょうどいい。生田も、リアルタイムで今のオタクの流行を把握している自信はなかった。

「うちがやるとなると、何をやるんですか？　会社的に地域と密着する聖地巡礼とからめるのはやりやすそうですけど。あとは守りに入ってる気もしますが、文学散歩のノリでサブカル散歩とかですかね」

「じゃあ、それで企画書を書け」

本当に滝野は優秀だと生田は思った。具体案がすぐにいくつも頭に浮かんでくるらしい。

「もう少ししぼらないとまずいんじゃないですか。採用する人材もずれてくるでしょうし」

「それは、もっとあとからでいい。お前は企画を作れ。こっちはこっちで企画を通す」

「でも、部長、プレゼンはできるんですか?」

「知らないことを知ってるふりをするのは得意だ」

冗談でも何でもなく、生田は笑った。

そして、生田は実際に県の仕事を取ってきた。そこまでは朝飯前だ。

次にやるのは、具体化だ。

求人の職種名称については会議で「サブカル関連の取材レポーター・ウェブ制作者」に決まった。基本的に滝野が出した案のままだ。その中でも一番汎用性の高いものを使う流れになった。

「とりあえずこの名称で求人は出そうと思う。ただ、サブカルとは書いているが、実際には萌え系ニュースの取材だとか、そういう方向でやりたいと思う。そちらのほうが人も集まりやすいはずだ。兵庫県には西宮のハルヒに代表されるようなオタク資源がまだまだ豊富にある。やれないことはない」

そんな生田のいくぶん力の入った発言を滝野も会議でぼうっと聞いていた。

会議の場では、生田はたしかに強い。これなら、うちが仕事を取ってきてもおかし

特報 神戸新聞
兵庫が
兵庫のメンバー

くはないと思う。あるいは滝野が作った案だからこそ、真剣にやっているのか。起案したのが自分ではないから、気も抜けないのかもしれない。

いいものになってくれればいい、そう滝野は思う。

滝野もライトなオタクではあったから、いい意味でふざけたことを自社がやってくれるのは面白そうではあった。

一方でどこか冷めている部分もあった。そこまで目新しいものもやれないだろう。新聞社なのだし、現代的な意味でのオタクっぽいニュースを流す、その程度のことしかできまい。

昔はもっと何かできないのかと考え、やっている人間にやる気がないからだなどと、年寄り臭い根性論みたいなものを持ち出して解釈しようとしたこともある。そんなことはなかった。構造の問題だ。まして県の事業でそんなふざけたことができるわけがない。

自分が作った企画だというのに、いつのまにか他人事のように思ってしまっていた。人事のほうで適当に愛想のよい人間を採用して、それで終わりだ。何も間違ってはいない。それがあるべき会社の筋道だろう。

会議が終わり、まわりが椅子から立ち上がったところで、滝野は我に返った。

ついつい、余計なことを考えて、会議のことを忘れていた。注意をされても文句を言えない。やはり、オタク関係のことには思うことが多いらしい。

ほとんどの人間は会議室を出ている。滝野も仕事に戻るべく重い腰をあげようとしたところだった。

「滝野、話がある」

生田から声をかけられた。

「部長、まだいたんですか」

「お前に話があったからな」

滝野はすごく嫌な予感がした。

結論から言えば、その予感は的中していた。

「お前が求人募集のホームページデザインも考えてくれ。最後までトータルでやるほうがお前も納得がいくだろう」

「まあ、それぐらいなら、片手間でできますからいいですけど」

面倒だが、さほどの時間もかけずにやれるだろう。文字の配置を少し考えればいいだけだ。

「かわいいイラストが目立つように作れ」

だが、そこに余計な注文がついた。

「か、かわいいイラストというと、パンダとか猫とかですか？」

すぐにそんなイメージが頭に浮かんだわけではなかった。

けれど、そうやって逃げ道を作っておかないとまずい気がした。

そう滝野の本能が告げていた。

そんな退路など、生田が許すわけもなかったが。

「いわゆる、萌える美少女のイラストだ。世間的な意味での『萌え』はかなり誤用が入っていてあまり使いたくないのだがな」

「あの、イラストの素材はあるんでしょうか……？　さすがに版権のある絵は使えないでしょうし」

「それも含めて滝野が用意しろ」

「よ、用意って……」

「別にお前が描いてもかまわん。お前の友達の絵でも、同僚の絵でもいい。とにかく、萌える絵を入れろ。萌えるものにするんだ」

有無を言わさぬ勢いだった。交渉の余地なし。そもそも、交渉する権利なんて生田は与えてくれないのだが、この時はとくに有無を言わさぬ迫力があった。

「ああ、これには意味もあるんだぞ。サブカルとしか書かなかった場合、ウルトラマンとかにしか興味がない人が申しこんできても断りづらくなってしまう。だが、今のご時勢、どう考えても、美少女系のコンテンツを扱う割合は高くなるだろう。ならば、最初からそれ相応の看板を出しておけば、どういう層を求めているかわかってもらえる」

「それはそうかもしれませんけど、絵を用意するというのが……」

「そのほうが面白いじゃないか。しかも、その絵が人気になってキャラがブレイクしたりしたら最高だ。新聞社でそんな萌えキャラが出てくるだなんて前代未聞だぞ」

ああ、そういう魂胆があったのか。

滝野は心の内側でため息をついた。何もわかってない。

「部長、そういうのは流行りません。たとえば、いろんな企画で美少女キャラを作ったところはあります。でも、多くはダメでした。どうしてかわかりますか？　あざといからです。あざといものにオタクはすごく敏感です。踊らされていると少しでも感じたら冷めます。いや、これはオタクだけじゃないな。人間、誰だってそうです。なのに、そういう企画を考えた人間はそんな当たり前のことを忘れている」

頭にいくつもの「失敗作」が浮かぶ。

「オタクを舐めているんですよ。美少女を出せば喜ぶとしか考えてない。キャットフードに寄ってくる野良猫程度に思ってやがるんです。そんな企画には愛がないから、発信のクオリティもたかが知れたものになる。結果的に誰も寄りつかなくなって空中分解です。なにせ、インターネット上にも、専門店にも、美少女キャラなんて数え切れないほどいるんですから。しょぼいレベルのものを追加したところで、相手にされるわけがない」

知らず知らずのうちに熱くなってしまっていた。

「たとえば、知ってる限りだと――」

具体例まで出して、滝野は強い口調でしゃべった。はっきりと意見を言ったことはなかったが、思うところはあった。話しているうちにそんな気持ちが噴出してきた。

「やはり、滝野は熱い心を持っているな」

生田がにやりと笑う。

しまった、はめられた。

生田だって典型的なオタクなのだ。オタクの気持ちがわからないわけがない。

世代の違いという罠にはまっていた。自分より年上だから、生田には勘違いが起こりうるとタカをくくっていた。自分は自分で、オタクとしての生田を舐めていた。

「滝野の言葉には全面的に賛成だ。だから、滝野はオタクが納得できるものを作ってくれ。お前にはオタクの気持ちがわかるんだろう」

「あの、本当に俺一人で……ですか？」

「もちろん、一人じゃなくてもいい。ただ、お前が実質のディレクターだ。こちらの仕事はそれにＯＫを出して、上層部を黙らせること。違うか？」

「いえ、否定はしませんが……」

「お前がやらないと、この企画も中途半端なものになる。寒いものに終わる」

心を読まれていたんじゃないかと滝野は感じた。

まさしく自分は冷めていた。どうせ、たいしたものにはならないと。

「変えられるとしたらお前だけだ」

自信はなかった。だが、断る勇気はさらになかった。
断ったら、完全に逃げたことになる。
「任せたぞ」
振り返りもせずに、生田は会議室から出ていった。
最後まで残っていた滝野は愕然とテーブルに目を落とした。
「サブカル関連の取材レポーター・ウェブ制作者」という文字が躍る。
何をどうしたらいいんだろう……。

悩んでいるうちに二か月近くが経ってしまった。
もはや年末。追い詰められているのはわかっているので、会社に残ってはいるが、打開策は見つからないままだ。
ただし、滝野が何もやっていなかったわけではない。募集要項に関する部分、つまり事務的なところと宣伝文は完成させていた。

【急募】サブカル関連の取材レポーター・ウェブ制作者

新聞社では、兵庫県内でサブカル関連の萌え系ニュースなどを取材し、ウェブ制作・更新するアルバイトを募集します。

レポートなど情報発信の際には、映像・写真の中にご本人に登場していただく場合がありますので、アナウンス、DJ、声優などのパフォーマンスに関心がある方なら、なお大歓迎！

取材や技術面については研修も行いますので、未経験でも大丈夫。応募をお待ちしてます。

応募締切　2011年1月14日（必着）

これの右側に具体的な募集要項と条件が入っている。内容についてもおおむね問題はないだろう。

本人が登場するとわざわざことわっているのは、内気な人では困るというのもあるが、そもそもこれは緊急雇用創出事業という期限付きのものなのだし、ここで名前を売って外で羽ばたいてくれという意味合いからである。自分の顔の入った新聞記事なりをいくつか提出してアピールできれば、次の仕事に就く時もプラスになるだろう。

この内容の時点であまりにもぶっ飛んだことは書けない。そこは新聞社の枠がある。新聞社の内側からはぴくりとも動かせない枠だ。

それでも、堂々と変なことをやるための根拠はこの文章の中に含まれている。レポートだけでなく、本人が参加するようにしていれば、たいていのことはできる。

問題はその上の部分だ。

ページレイアウトは下六割が文字ですでに埋まっている。

そして、上の四割がぽっかり空欄になっている。

ここにキャラを入れないといけない。

実は、この一か月ほどの間、久しぶりにイラストの練習をしていた。

滝野は高校生から大学生にかけて漫画家になりたい時期があった。

理由は単純で、オタクだった滝野にとって漫画を描く仕事が、わかりやすく感じられたからだ。少なくとも、外交官や銀行員よりははるかに何をしているか実感がある。

夜の十一時半から眠りにつく一時前までの約九十分、ノートに向かっていた。けれど、半年で挫折した。美少女キャラの顔しか描いてないことに気づいたのだ。これでは漫画にならない。

顔だってそこまで上達しているとも思えないのに、背景やら何やらまでできるわけがない。

そんな滝野が久しぶりに美少女を描いてみた。

もしかすると、意外と上手くいくかもしれないという妄想じみた期待をしていたのだが、当然のごとくダメだった。

できたのは、いわゆる「美少女系」というカテゴリーに入るような微妙な絵だった。

たしかにオタクが好きそうな、そういうタッチの絵だと、オタクではない人が見れば感じるだろう。

だが、オタクの目から見ると、たんにそういう記号なだけであり、とくに美しいとは思えないのだ。

美少女的な絵もキャラも、信じられないような勢いで日々生産が続けられている。美少女はとっくの昔に飽和しているのだ。

そんな中で、中途半端なレベルの絵を追加したところで何になるのか。瀬戸内海に小さじ一杯の塩を入れて、塩分濃度が変わったかどうか測定するようなものだ。影響を与えられるわけがない。

自分がダメである以上、ほかの人間に頼るしかない。

だが、滝野の友達に、そんな絵心のある奴はいない。みんな見たり読んだりするのは好きだし、色々と語りたがるが、じゃあ、お前が描けるのかというと、誰もできやしないのだ。

それに、描けたとしても、そこそこ萌えそうな絵では企画として使いものにならない。まさに滝野が生田の前で否定したものの焼き直しになってしまう。これまで失敗してきた企画もキャラはそれなりにかわいかった。問題はかわいい程度では頭に残らないということだ。

たんに萌えキャラを置いただけの、あざとくて、お寒いものに見える。

いや、あくまでも自分が作るのはたんなる広告なのであって、長期的にそのキャラを使うわけでもないから、そこは適当にキャラがいればいいはずなのだが、ほかのものを否定してしまった手前、しっかりしたクオリティのものがやりたくはある。

ここを外せば、画竜点睛《がりょうてんせい》を欠くことになる。生田の期待を裏切ることにもなる。

でも、どうやって素材を集めればいいのだろう。美少女でありながら、たんなる美少女ではない価値なんて、果たして出せるのか？

「滝野クン、お手上げのようね」

「ああ、マダム。そうですね、お手上げです」

後ろを振り向くと、デザイナーの津名《つな》が立っていた。

体が大きいので、真後ろに立たれると妙な威圧感がある。

その体格のせいか、お母さん的なイメージがあるのでマダムと呼ばれている。

下手をすると本人が怒りだしそうなあだ名だが、津名の性格上、その心配はなかった。まさに見た目どおり、のほほんとした性格なのだ。

「そうだ、津名さんって絵描けないんですか？　もう、そろそろ形にしないと間に合わないんですけど……」

「デザイナーとイラストレーターは違うわよ。それに、そんなんだったら滝野クンが文句言ってたようなものになるだけだと思うし」

「それはそうなんですけど、タイムリミットが……。誰か人材を見つけないと……」

「そうね、バイトで来てる女の子いたでしょ。今井って子」

今井というのはウェブクリエーターのバイトで来ている二十代の女の子のことだ。

メガネで垂れ目のいかにも文化系な容姿で、コミックマーケットにいても何の違和感もなさそうなタイプではある。立場的にはちょうど津名の下になる。

だが――

「あの子って絵を描けるんですか？　一回話したことあるんですけど、オタクっぽい話題は出ませんでしたし。猫かぶってただけかもしれませんが」

「そうねえ、あの子ね、絵本作家になりたいらしくてね、童話風な絵なら描いてるはずだけど。人間よりは風景描くほうが得意かもしれないけどね」

絵本という言葉が滝野の頭に引っかかる。

それだ！　それならいける！

滝野の頭に、勝ちパターンがひらめいた。

自分たちは漫画やアニメのプロではない。だから、それっぽくやってみても、所詮それっぽいものにしかならない。そこは努力しても補えない部分だ。草野球チームではプロ野球には勝てない。戦う機会さえもらえない。

ならば、漫画でもアニメでもオタクでもないところから力を借りてくればいい。

違う分野の絵の技術を使って女の子を描けば、かっこよくて、かつ萌えるものにできるかもしれない。新しい血を入れてやるのだ。

形になってみないと成功かどうかはわからないが、やってみる価値はある。それに、悩む時間なんて残されてない。バイトの子に頼むのなら、多少の無理も言えるはずだ。人選としては悪くない。

「マダム、その子を紹介して下さい！」

「あら、滝野クン、珍しく血気盛んね。いつも低血圧そうな顔してるのに」

「そうですね、一時的に血圧は上がってると思います。アドレナリンも出てるでしょうね」

「わかった。そしたら今井さんを連れてくるから」

同じ職場なので、紹介はすぐだった。五分後、滝野の前に今井がやってきた。

「あっ、今井です……けど……いったい、何のご用でしょうか……？」

いかにも自信がなさそうな態度で今井は滝野に尋ねた。

立場的にも違う部署から用事が降ってくるようなことは、これまでになかった。バイトだから、なおさらそうだ。ある意味社員すべてが自分より偉いのだから、指揮系統がはっきりしてないと、無茶苦茶になる。

何がはじまるのか、今井は見当もつかないようだった。

「今井さん、ほら、絵本用の絵、見せてあげて。持ってきてたでしょ?」

津名に促されて今井が出してきたスケッチブックには、淡い色彩の絵が並んでいた。オタク的要素は一切ないと言っていい。美少女がどうと言う前に、そもそも人間が入っていない風景画の割合が高かった。

「投稿サイトにもイラストはアップしてますけど、おおむね、そんな感じです」

このレベルならいける。

「よし、今井さんにお願いしよう」

お願いという言葉だけで、今井はびくっとふるえた。

「あの、お願いっていうんは……」

「緊急雇用創出事業の求人を出すことになったんだけど、いや、そんな説明はどうでもいいな。一言で言うと」

ここは、とことんぶっちゃけてしまえ。

「萌える絵を君に描いてほしい」

「ええっ? 無理ですよ! わたし、漫画とかアニメとか全然知らへんのですよ!

そういう絵も描いたことないし……」

そういう反応が来ることは滝野もわかっていた。

誰だってやらずにすむのなら、そうしたい。

だが、退くわけにはいかない。スケジュール的な意味でも。

「頼む！　君しかいないんだ！　早く終わらせないと大変なことになるんだ！　大変なことに！」

とりあえず大変であるということだけ強調して、有無を言わせない作戦に出た。

「そんなん、言われても……」

「頼む」

滝野は生田がいつも使っている、あの力押しの方法を試してみた。

とにかく押す。押せるところは押す。

「わ、わかりました……やってみます……」

滝野が勝った。

今井にとっては、地獄のはじまりだった。

もっとも、そこから話が順風満帆に動き出したかというと、そんなことはなかった。

「あの、美少女っていうても、いろいろあると思いますし……どういう服でどういう髪型なんでしょうか……？」

新聞社の求人なのだし、既存キャラは使えない。

まずは設定から考えなければならなかった。

「そうだなあ。一番頼りになりそうな奴を呼んでくる」

滝野がほかの部署から呼んできたのは、柏原《かいばら》という男だった。

オタクというよりもマッドサイエンティストとでも言ったほうが似合うような、異様な雰囲気の男である。外で見ても新聞社の人間とはとうてい思えないだろう。業務内容もプログラムやサーバー管理といった技術部門であり、新聞社の中でも特殊な人間と言えた。

「ヲタくん、いったい何の用だい？」

「カシハラさん。だから、その呼び方やめて下さいよ。だいたい、カシハラさんだってオタクじゃないですか」

「君に、訂正を求める資格はないよ。だって、こっちの名前間違えてるからね。カシハラじゃなくて、カイバラ！　ちゃんとパソコンでも一発変換で出るレベルだ！　いいかげんに覚えてくれ！」

「わかりました、カシハラさ……カイバラさん。折り入って頼みがあるんですが、カイバラさんの知恵を拝借したくて」

「知恵？　オタク的なことぐらいしか貸せないと思うけど」

「それです。ガチなオタクの意見を聞きたいんです」

「そうだね、ヲタくんがライトオタクだとしたら、こっちはもっとディープだろうね」

ライトオタクと呼ばれることは、滝野にとって気持ちのいいものではなかったが、否定できないこともわかっていた。

漫画にしてもアニメにしても滝野が押さえているのは、いわゆる有名どころだけだ。知る人ぞ知る世界の話はできない。それと比べれば、柏原の趣味は濃くて過激だった。

「ディープな人からの意見を聞きたいんです。そこでＯＫが出れば企画としていけると思いますから」

というわけで、滝野・柏原・今井によるキャラ設定会議がはじまった。

ケース1　服装

「あの、まずは服なんですけど、どういうんがあるんですか……？」

「そうだな、ありがちなのはメイド服とか巫女服とか……」

「おいおい、ヲタくん、全然わかってないな。君はそれでもオタクなのかい？」

ちっちっちっち。

人差し指を振って、柏原が笑い飛ばした。

「本屋に行って、ライトノベルの棚でも見てみるがいい。メイド服が表紙の本なんてほとんどない。まして、巫女服のものなんて、もっと希少だ」

そういえば表紙の確認など滝野はしたことがなかった。

柏原の視点はやはり独特だ。滝野と違って要素を見ている。

「とくにメイドはダメだ。メイド喫茶のせいか、メイド服というと、オタクじゃなくてもすぐにイメージできるものになってしまった。何も知らない人がオタクと聞くと、アキバでメイドがご主人様と言ってるのを思い浮かべるだろう。そんなものを選択したら何もわかってない連中が作ったと言われてしまいかねない」

「過激なことを言いますね、ほんとに」

「僕の存在意義は過激なことを言うことなんじゃないの？」

「それもそうですね」

ここで遠慮をされても意味がない。悲しいが、柏原のほうがよりオタクなのだと滝野は思う。かといって柏原みたいになりたいわけでもないが。

「それじゃ、カシハラさんはどういう服がいいと思うんですか？」

面倒になってきたのか、柏原も名前を訂正しなかった。

「言うまでもなく、制服だ」

「制服っていうと、高校とか中学のああいう服ですか？」

「そうそう。ヲタくん、我々の恋愛観をもとに考えてみればわかることだよ。別にお姫様と付き合いたいだなんて高望みを我々はしていない。そもそも、そんな子は日常の延長線上にいないから想像もできない。アイドルだって、ファンにはなれても付き合うことは絶対にできない。では、日常の中で、中高生が付き合いたい子というのは、

どのあたりになる？」

「クラスとか学年でかわいい子……」

「そういうことさ。ストーリー的に学生が主人公の話が大半だから、ヒロインも制服でOKということになる。だから、コスチュームは制服で決定だね」

「あの、お話はなるほどと思うんですが……新聞社の公募で女子高の服みたいなんは、まずいんと違いますか……」

おずおずと今井が手を挙げる。

「それもそうだね。まして、実在する制服はまずい。そこはオリジナルな服をデザインしてもらえばいいと思う。さらに、神戸っぽさを入れてみたらいいんじゃない？神戸っぽさが何かまで僕にはわからないけど」

たしかに柏原に一般人の発想をさせても無駄な気が、滝野にもした。

「そうだな。神戸というと……今井さん、何がある？」

「猪……とか」

「それは地元民すぎる考えだ。もう少し対外的に」

「異人館と港……？」

「それじゃ、港ということで水兵さんっぽいデザインを足してみよう。カシハラさんはどうですか？」

「いいんじゃないの？　水兵さんみたいな服装のキャラもごく少数ながらいるしね。たしか、元ネタは船幽霊だったと思うけど」

「ああ、その話はとくにいらないです」

こういう形で服のアイデアが決まった。

ケース2　髪型

「あの……次に髪型なんですけど、どういうのが……。わたしもそんなに詳しくないんですけど……」

今井の髪型は後ろで髪をしばっているタイプのもので、たしかにあまりオシャレなものではない。

「そうですね。カシハラさん、どうでしょうか？」

「ヲタくんは、この最近の日本で最も有名な萌えキャラは誰だと思うかい？」

「えっ、いきなりそう言われると……。アニメで最近一番人気があるのは……」

「アニメの枠で考えちゃいけないなあ。ほら、歌姫でネギを持ってるあのキャラがいるだろう。アメリカでライブをやったり、テレビCMに出たり超大人気だ」

「ああ、たしかに、あの子ならストーリーとか知らなくても楽しめますし、ターゲットが広いですね」

「というわけで、ツインテールにしたらいいんじゃないのかな。そもそも、髪は長いほうが目立つしね」

「そういうものなんですか？」

異論があるわけではないが、長いほうが目立つと断言してしまう柏原に少しびっくりした。滝野は、自分だったらこんな言い方はできないと思った。

「インパクトの問題だよ。髪が短い人は世界中にいくらでもいる。でも、髪が長すぎる人というのは、そんなにいない。髪の長さは、そのキャラを日常とは違う、特殊な存在だと見せつけるための手っ取り早い道具になるんだよ」

「そういう発言には、何か出典みたいなものはあるんですか？」

「ないよ。でも、長年、美少女をずっと見てきたら、感覚的にわかるでしょ？　あとは長い髪と聖性の話はフレイザーの『金枝篇』に書いてあった気もするけど、さすがに話が違うでしょ」

「ええ、もう、十分論拠はもらいました」

メインの髪型はツインテールに決まった。

「それと、せっかくだからアホ毛でもつけたらどうかな」

「アホ毛って、あの、変な方向に飛び出してる毛のことですか？」

「そうそう、トマトのへたみたいなアレだ。今回はキャラに当然ながらストーリーも何もないから、見た目で目立たせないとダメだよ」

ケース3　足のあたり

「ニーソックスだ！　ほかの選択肢はありえない！　たしかに絶対領域という単語は聞かなくなったが、そういうデザインが消滅したわけじゃない。むしろ、スタンダードになりすぎているとさえ言える」

そんな柏原のプッシュもあり、ニーソックスになった。

ケース4　ポーズ

「デザインは決まってきたと思うんですけど……どういうポーズをとった絵にしたらいいんですか……?」

「ちゃんとした会社の公募だし、あんまり扇情的なものはまずいな。あとは何でもいいかな」

「そんなん、どっちみち描いたことないから無理ですよぉ……」

「そうだね。あんまりスカートがひるがえるようなデザインもまずいだろうから、ここは男の庇護欲をそそるようなポーズをさせよう。公序良俗に何も反してないけど、ぐっとくるようなものにね。そこんところぐらい、あざとくてもいいだろう」

「つまり、どういうポーズなんですか、カシハラさん?」

「足を崩して女の子座りというのはどうだろう? それで上目遣いで目もうるませれば、庇護欲はそそられるはずだ。そこまでして、何とも思わないような人間なら、どっちみち今回の仕事には向かないだろうしね」

「それもそうですね」

かなり進んできた。滝野にも自信が出てきた。

ケース5　色

「あとはウェブの告知やし、白黒はないと思うんですけど、どんな色に……？」

「まず、有名なキャラとかぶりすぎるのはまずいから、緑は避けたほうがいい」

「黄色系統も露骨すぎるね。金髪ツインテールというのが、一種のコンボみたいになってるから。ストーリーがないキャラだし、ほかのキャラのパクリにしか見えなくなるよ」

「ここは神戸をイメージできる色のほうがいいか。そしたら、青か」

「それじゃ、色もこれで決まりですね。頑張ってみます」

今井もだんだんとやる気になっているようだった。数人で案が具体化されていくと、何でもできるような気持ちになることがあるが、この時もそれに近かった。

まさに三人寄れば文殊《もんじゅ》の智慧《ちえ》だ、そう滝野は思った。

ケース6　キャラのまわり

「せっかくだから、お皿みたいなのに乗せてみたら？」

にたにた笑いながら柏原が言う。決して品のいい笑い方ではないが、あまりにも柏原に似合っていた。

「はあ？　お皿？」

「お皿に乗せることで、女の子が小さく見えてかわいくなるかなと思ってね。それに背景が何もないのに、座ってるような姿勢も不自然でしょ」

「そういや、そうですよね。宙に浮いてるように見えるか」

「それに、萌えキャラがお皿の上にいれば、何かを暗示しているようで面白いでしょ？　もちろん具体的なことは何も書かなくていいからね」

「カシハラさん、ありがとうございます。もう、決定でいいでしょう」

「まだ不安はありますけど、なんとかせんとダメですよね……。うまくいきますように、うまくいきますように……」

後ろ向きなりに今井も覚悟を決めたようだった。

「うん、よろしく頼むよ！」

滝野としても、ここまで話がまとまったのだし、いいものが作れるような気がしてきていた。

人気のあるキャラを生み出せるだなんて望みまでは抱いてないが、イラストを見て応募する人間が数人でも増えてくれればいいと思う。

狙っているのとは少し違う、絵本風のタッチの美少女が公募のトップに来る。帰りの車内で想像して顔が少しにやけてしまったほどだった。

「あの……できたんですけど……」

二日後、今井がやけに疲れた顔で滝野のところに来た。

「自信ないんで、柏原さんも呼んでほしいんですけど……」

どうやら一対一で見せるのが怖いらしい。滝野としては、デザイン協力に参加してくれた柏原に見せるのが筋だと思うし、とくにこだわりもなく、柏原を呼んだ。

「これが作ったイラストなんですが……」

軽い沈黙が下りた。

かわいくない。

というか、そもそもセンスがない。

やはりオタク文化というのは特殊な進化を遂げており、門外漢には高い壁なのだろうか。これじゃ話にならない。そんなひどいものだった。

「思った以上にきついね、こりゃ」

遠慮というものを知らない柏原が、素直にそう言った。

「あっ……やっぱりあきませんよね……」

「異次元ってレベルだね。もはや、美少女キャラなのかどうかよくわからない。いや、記号的には明らかに美少女キャラなんだけど……」

「今井さん、仕事を依頼した手前、悪いんだけど、これはかわいくない」

あざとく作った中途半端なキャラよりもひどい。

そういうキャラは一応見た目だけなら美しいのだが、これはその水準にも達してない。絵が下手な人が萌えキャラっぽいものを試してみたということしか伝わらない。

「でも、どうしてこんなにダメなんだろうね……。もう少し萌えキャラっぽくなるものだと思うんだけど……。ヲタくんはどう思う?」

「塗りの問題なんじゃないですか? ほら、アニメ塗りじゃなくて、もっと雑じゃないですか」

「いや、美少女の絵といっても、イラストレーターさんによって、塗り方はかなり個性がある。これはそういう次元じゃない」

「体のバランスが悪いんですかね？　現実離れしてるとか」

「だけど、美少女の絵というのは現実ではありえないぐらい目が大きいものだし、漫画っていうのは現実のバランスに依拠していると言い切れるものでもないよ。もちろんバランスが悪くて下手に見えることはあるけど、これはそれ以前の問題だ」

「目が気持ち悪い」

「でも、こんな目でも十分萌えキャラを描くプロもいるはずなんだけどな……。けど、たしか

にこの目は気持ち悪い」

あらためて見ると、この目はいったいどこを見つめているのだろう。というか、どういう表情なんだ？　あるいは無表情なのか？

「鼻も気持ち悪いね」

「髪も立体感がなくて、植物みたいですね」

「ああ、それと、色が青すぎるんじゃないですか？」

どうして、こんな色合いになってしまったのか。ここまで青一色なのは不自然だ。仮に髪が青い人がいても、こんな青一色の服なんて着るわけがない。

「それはそうかもしれないな。だけど、これ、色を変えたからといって萌えると思うかい？」

「無理でしょうね……」

あまりにも情け容赦ない否定が続いたので、今井は黙りこくっていた。早くも真っ白に燃え尽きていた。

「ううむ、参ったな……。いっそ、童話風の絵でも描いてもらうかな……」

時間はあまりない。

もはやプロのイラストレーターに依頼できる時間はない。

「かろうじて美少女の絵ということはわかるんだけど、いまいちぱっとしないんだよね……。美しくない美少女キャラというか……」

「カシハラさん、それ、意味が矛盾してますよ」

「でも、露骨にツインテールだし、これは少女じゃなくて美少女なんだよ。でも、美しくないんだ。どこにもいけない感じがある」

「そうですね。ただのイラストですと言うには、美少女っぽさがあるんですよね。かといって、これで萌えるかというと、不可能に近い」

あざといというのとも、また違う。

いわば、このイラストは萌えられることを拒否しているのだ。

わけがわからない。

「あの……あかんのやったら、ほかのもの描きましょうか？　無難に猫の絵でも描けば間に合うと思いますし……」

もう、今井はとにかくこの場から撤収したいという感じだった。

どうあがいても、自分のこの案がボツにしかならないことはわかっていた。

今井も今井で、ここまでかわいくないものになるとは思っていなかった。

だが、まだ終わりではなかった。

滝野は少し黙考していた。

素材はある。

ストレートに使えるものではないが、素材はある。

ここからどう料理するか。それが俺の腕の見せ所じゃないのか、そう滝野は思う。

良くも悪くも、この絵は異形だ。これを逆手にとる方法がきっとある。

自虐ネタならやれるかもしれない。

「カシハラさん」

「カイバラだよ」

「この絵は萌え系のイラスト・萌え系でないイラストのどちらかに分類するとしたら、どうなります？」

「一応、萌え系かな。萌えないけど」

「では、この絵を見て、あざといと思いますか？」

「思わない。あざといレベルですらない」

そうなのだ。ここまで妙なものになってしまうと、狙って外したようにも見えない。従来の評価基準からずれすぎているので、よくわからないのだ。

滝野の中で策が一つできた。

「それなら、公募で使っても問題はないのかもしれない」

「いやいや！　待って！　それはまずいよ。あんまり下手なイラストをトップに載せると、組織自体のレベルを疑われて求人が来なくなるかもしれない！」

たしかに、この絵が萌えキャラですという顔をして載っていたら危ない。

ならば、萌えキャラじゃないという顔をして、最初から謙虚にしていればいい。

「これを使って、ギャグをやればいいんですよ。ついでに我々がわからないことを聞いてみるというスタンスにしましょう」

「ヲタくん、本気なの？」

「本気ですよ。ライトオタクですけどね」

挑戦的に滝野は笑った。

そして、こんな告知が作られた。

神戸新聞社　緊急雇用創出事業に基づくアルバイト募集

問題

右のキャラクターが
いまいちいけてない（萌えていない）
理由を3つあげなさい。

1) ....

2) ....

3) ....

すらすら答えがわかった方は…
趣味で培った知識や経験を
神戸新聞社で活用するチャンスです。

神戸新聞社 アルバイト / オタ知識豊富で、ネットに顔出し OK な方歓迎

【急募】サブカル関連の取材レポーター・ウェブ制作者

神戸新聞社では、兵庫県内でサブカル関連の萌え系ニュースなどを取材し、ウェブ制作・更新をするアルバイトを募集します。

レポートなど情報発信の際には、映像・写真の中にご本人に登場していただく場合がありますので、アナウンス、DJ、声優などのパフォーマンスに関心がある方なら、なお大歓迎！

取材や技術面については研修も行いますので、未経験でも大丈夫。応募をお待ちしてます。

応募締切 2011年1月14日（必着）

募集職種	ウェブ制作・更新、および取材レポーター
募集人員	2名
条件	アニメなどサブカルチャーに興味のある方。 学歴不問。免許・資格不問。 Word、Excel の基本操作ができる方。 兵庫県の緊急雇用創出事業に基づき、 失業中であること。
雇用期間	2011年1月下旬～2011年3月末まで ただし2012年3月まで更新できます
勤務時間	10：00～18：00（業務の都合上、残業もあり）
勤務体系	週4日勤務 （イベント時には土・日・祝日の出勤があります）
主な勤務地	神戸市中央区東川崎町1-5-7 神戸新聞社（神戸ハーバーランドの本社）など
給与	日給8000円
交通費	1日800円まで支給
社会保険	雇用保険、厚生年金、健康保険、労災保険

※実際に神戸新聞ホームページに掲載された告知です。

【問題】

右のキャラクターがいまいちいけてない（萌えていない）理由を3つあげなさい。
1）
2）
3）
すらすら答えがわかった方は…趣味で培った知識や経験を新聞社で活用するチャンスです。


「カシハラさん、どうでしょうか？　ネタとして成立してますか？」

柏原は気持ち悪い笑い方で爆笑した。

「いいよ、いいよ、ヲタくん。この異形っぷりがいい。これならうかつに萌えキャラを載せるよりはいいかもしれない」

「なにせ自分でいまいちいけてない（萌えてない）って言ってますからね。自己批判しているから文句を言われようがないはずです」

「でも、それ、生田さん、通るのかな。まだ見せてないんでしょ？　厳密には萌えキャラじゃないわけだしさ」

「ああ、生田部長なら確実に通りますよ。通らないはずがないです」

そこには変な確信があったが、この確信も事実になった。

「たいへん面白い。これでいこう」

生田はあまり表情は変えないが、満足しているらしい。そのあたりの機微は滝野にもわかる。

「この難題をどうやってクリアするのかと見ていたのだが、まさかこんな手を使ってきたか。さすがだ」

「いえ、そこまでたいそうなことでもないと思いますが……。結局はギャグで逃げただけですし」

「これはギャグではないぞ。真剣勝負だ。みんな、これを見て応募してくるんだからな」

そう言われて、滝野は若干後悔した。

もし、一人も来なかったらどうしよう……。

ギャグということは当然すべる可能性もある。

あまりにも変なことをやるので世間のリアクションが読めない。

だが、ほかの手を考える時間はなかった。とにかく、アップしなければならない。

そして、緊急雇用創出事業の告知がはじまった。


結果から言えば、この告知は奇妙すぎる成果をあげた。

新聞社から変な公募があるとネットでとりあげられ、それにたいして萌えていない理由を律儀に考え出す人が多数現れた。

また「こうすれば萌えるはずだ」とキャラをもっと美少女に描き直して送ってくる人が日本中から現れた。

その影響からか、申込者も殺到と言っていい状況で、倍率は五十四倍にまでなった。求人広告としては抜群のパワーを発揮したと言っていいだろう。

しかし、その影響は新聞社が関知しないところにまで広がってしまっていた。

いつのまにやら、このキャラクターには「いまいち萌えない娘」という名称がつけられ、一部の世界でキャラとして認知されるようになった。

その経済効果は推定五十億円――などということは絶対にないと思うが、制作者サイドに影響を与えてしまったことだけは間違いない。

キャラに対する問い合わせが増えてきたため、滝野や生田は、いまいち萌えない娘の同人誌を発行する羽目になった。

なお、新聞社が金を出してくれないので、すべて私家版で、印刷費は生田が奥さんから三万円、小遣いを前借りして作った。かろうじて前借り分が返せるぐらいには売れたらしい。

この同人誌はなんだかんだでいまだに続いている。

「世の中、何が起こるかわかりませんよね」

ある関西の即売会の帰り、滝野が空を見ながらつぶやいた。

夕焼けがちょうどかかってきている。いまいち萌えない娘は神戸カラーということで青一色にしたが、夕焼けもなかなかどうして神戸に似合う。そういえばポートタワーも赤色じゃないか。赤というかワイン色か。

「人生とはそういうものだ。だが、今回はいいハプニングでよかった。キャラの人気も、ほどほどのところで止まっているし、ちょうどよいサイズだ」

生田の口元だけがかすかにほころぶ。内心楽しくてたまらないのだろう。

「まあ、そうかもしれませんね。問題はまだ終わっていないってことですけど」

いまいち萌えない娘の企画は断続的ながら行なわれている。

まだ、作り手として止めるわけにはいかない。

うれしいやら、悲しいやら。なかなか難しいところだ。

「あっ、待って下さい。置いてかんとって下さい～！」

そんな二人のところに走ってくるのは、コスプレをさせられている某アルバイトの女子。

緊急雇用創出事業で雇われたわけではない。むしろ、その求人を作るのに、一枚噛んだ側だ。

「いまいちちゃんが遅いのが悪い」

決して今市という苗字ではない。だが、もはや、彼女の名称はいまいちで統一されてしまっている。

「はあ……どうせいまいちですよ……。そういうキャラなんやから仕方ないんですぅ……」

いつも撫で肩だが、ため息をつくとさらにそれが顕著になる。

その様子を見て、いまいち萌えない娘が多少なりとも受け入れられた理由が滝野にはわかった気がした。真面目なはずなのに、どこか抜けている。

自称いまいちなキャラというのは、すごく貴重な試みだったのかもしれない。

いや、あくまで偶然の産物であって、狙ったわけではないが。

どこまで続くのかわからないが、もう少しだけやってみるか。

滝野はもう一度夕焼けを見上げながら思った。

★★★

というわけで、制作秘話でした。

あそこまで事実に基づいてやっていいんやろか……。でも、暗い部分は周到に隠してるんかなあ……。

最初は、はっきり言って最悪でした。状況が悪化したという認識ぐらいしかなかったんです。だって、描いたイラストが下手やって言われるし、とことん笑われるし、しかもネタにされて、ネットにアップされたんですよ！　日本広しといっても「右のキャラクターがいまいちいけてない（萌えていない）理由を3つあげなさい」なんて書かれてさらしものにされた人間なんてわたしぐらいやと思いますよ！

挙句の果てに、そのキャラのコスプレさせられるし、ツイッターもやらされるし……どんだけ自虐ネタなんやと思います……。しかも二桁やったわたしのフォロワー数が、いまいちのほうやと、五桁……。

でも、やっていくうちに楽しくなってきたんですけどね。今は、「いまいち」上等って感じですかね。むしろ、本名で「今井さーん」って呼ばれても反応が遅れたりするぐらいで……。

あっ、最後に抱負？　抱負なんておおげさなものはないんですけど……ちょっとだけ考えさせて下さい……。

そやなあ……。

これにしよかな……。

萌えて見返してやろう――とは思ってません。萌えられる自信なんてないし、それぐらいのゆるいのが「いまいち萌えない娘」やと思うし。

でも、マイナスをせめてゼロにしたいなって思ってます。

わたし、これまでも周囲にとてつもなく迷惑をかけてきたし、「いまいち」になる前からの黒歴史も引きずってるし、もう負債がえらいことになってるんですよね。せやから、そのマイナスをチャラにするというか、ゼロまで引き上げることができたらええんかなって思ってます。ほら、一応は上向きの目標やし。それがわたしなりの戦い方なんかな〜って。

それで、これはおこがましいかもしれませんけど、世界の「いまいち」な人に勇気を与えられたらいいなって思ってます。ほら、わたしみたいな、何をやっても「いまいち」の人って、日本規模、世界規模やとものすごい数になると思うんですよね。そういう人に「いまいち」でもこんなに楽しく生きてる人間もいるんやでって見せることができたら、かっこええな〜って。

わたしが、今、こうやって「いまいち」をやってるのって、怪我の功名っていうか、完全な偶然なんですよね。運がよかっただけやって言われたらうなずくしかないんですけど、こんな感じで偶然で救われることもあるんですよね。

だから「いまいち」な人間にも生きる道はあるし、チャンスはあるんやってわたしを見て感じてもらえたらうれしいなって。

どうです？　今、かっこいいこと言えたんとちゃいます？

えっ？　キャラと合わんからカットする？　最悪や！

無理矢理、ダメな感じにするのはやめて下さいよ！　えっ？　関西人らしくボケろとか言われても無理ですって⁉

ああ、やっぱり、なんか「いまいち」な感じや〜！

兵庫県 いまいち大会

いまいちだけでは
今後の活動は
心もとないなぁ…
お、
来たか
失礼しまーす
わた
わた
紹介しよう
コスプレモデルの
可音さん、千里さん
陽子さんだ
いまいちと
兵庫サブカルのPRを
してもらうことにした
よろしくおねがいしまーす
陽子
千里
可音
ほほう
うほっ

かくして小説本が完成した…

皆さんは、「兵庫県いまいち大会」という会合をご存じだろうか。告知されたことなどないので、絶対に知っている人はいないと思うが、そういう会合はある。なお、大会というほど、大々的ではない。月に一回、「いまもえ」に関する女の子たちが集まり、今後の活動や展開についての話し合いが行なわれている。

今回は、この兵庫県いまいち大会の一日を見ていこう。

ＡＭ９時～　事前準備まで

さて、兵庫県いまいち大会はどこで行なわれるのだろう。

場所は毎回固定で、神戸市垂水《たるみ》区の某マンションの七階だ。

神戸市垂水区は、神戸市の海に面したエリアでは一番西端に位置する街だ。世界一長い吊り橋である明石《あかし》海峡大橋があることで知られている。

明石海峡大橋を明石市にあると勘違いしていると、垂水区民は割と心中穏やかではないので、明石市だと思っていた人は、今日から正しい知識で暮らして下さい。

そのほか、県内最大の前方後円墳である五色塚《ごしきづか》古墳がある。一般に、古墳というと、うっそうと茂る木に覆われて、森のようになっていたりするものだが、ここの古墳は葺き石がきれいに見える、完全に復元されたものなので、往時の雰囲気がよくわかる。垂水駅から歩けない距離でもないので、興味のある方は一度足を向けてみてほしい。

そんな垂水区の某マンション七階に、いまいちの住まいがある。会議が垂水で行なわれるのもそのせいだ。地理的にも全員が集まりやすいのだ。

名前はいまいちだが、家のほうは明石海峡大橋と淡路島がしっかり見える、いわゆるオーシャンビューで、いまいちではない。ただし、坂と階段が多いので、駅から歩いていくと疲れる。

むくり。

日曜午前九時、ちょっと遅い時間にいまいちは起床する。

夜更かしと言えば夜更かしだが、ツイッターの更新をしっかりやらないといけないので、どうしても寝るのが遅くなるのだ。遊んでいるわけではは（たぶん）ない。

「あ〜、またライダーもプリキュアも終わってしもてる……、今週からは早く起きようと思ったんやけどなあ……」

口ではこんなことを言っているが、この数年同じようなことを言っているので、おそらく改める気はないと思われる。「今年こそ禁煙するぞ」と毎年言ってるような人がいるが、ああいうのと似ている。

気を取り直して、サンライズとメロンパンを一個ずつという簡単な朝食を食べる。

なんだかんだで世間的にも知られるようになってきた感があるが、神戸では、クリームの入ってないアルマジロ的な形状のパン、いわゆる全国的にはメロンパンと呼ばれているパンがサンライズと呼ばれ、もう少し生地がやわらかめで白餡が入っているパンがメロンパンと呼ばれ、区別される。

「うう〜、どうしてサンライズってこんなにパンがぼろぼろテーブルに落ちてまうん……？　小さいころ、本読みながら食べてたら、本の間にパン屑がはさまりまくってえらいことになったけど。もう少し改良を加えたほうがええんとちゃうん？」

——などと独り言を言いながら、録画していた探偵！ナイトスクープを見る。

「うわ〜、ヤドカリ食べたあとやと、何を食べても甘く感じるんや……」

探偵！ナイトスクープを朝からのんびり見る。これがいまいちにとって至福の時間である。

それがすむと部屋の掃除をはじめる。

「今日は大会の日やから、きれいにしとかんとな〜」

女の子の部屋なので、いまいちといってもそれなりに部屋は整理されている。

なお、いまいちの部屋は当然、真っ青——ではさすがにない。ただ、全般的に青いものは多い。カレンダーもイルカが飛び出してるものだし。

いまいちも幼いころから、隣の須磨区にある水族園でイルカを見てきたので愛着がある。それと、王子動物園でパンダも見ているので、そっちにもなじみがある。

「七階はあんまり虫が入ってこんからええわ〜。でも、前にゴキブリ出没したんよなあ。もう少しかわいい生き物が出てきてほしいわ〜。そういえば、垂水区の一部地域でタヌキが出るらしいけど、見たことないな〜」

詳しいことは不明だが、垂水区にはタヌキが棲んでいるらしい。イノシシはおそらく棲んでいない。なお、著者の実家近くにはカブトムシ、クワガタが出ました。

「よし！　こんなもんでええやろ！」

掃除が終わると、炊飯器でご飯を炊く。

これが一番大事な作業だ。一度、ボタンを押し忘れていて、進行に悪影響が出たことがある。

AM10時50分～　メンバーの集合

そして十一時前、最初のインターホンが鳴る。

「こんにちは。今日はよろしくね」

入ってきたのは、いまいちより少し背の高い、いかにもオトナの女という雰囲気が漂う女性だ。

「は～い、一号の陽子さん、今日もよろしくお願いします～」

「残り二人はまだ来てないみたいね。私が早すぎただけか」

「そうですね～。陽子さんはわたしらのお姉さん的存在やし、一番乗りが似合うけど」

「まあ、二号も三号もそういう役には向いてないしね」

このお姉さんは、一号をつとめる陽子。

一号というと、順序的にいまいちより先に誕生したようだが、そうではない。

順番をもとに名前をつけるとすると、いまいちは〇号《ゼロ》になる。

なお、陽子は（神戸市を除く）阪神地区を管轄している。いまいちは神戸市内の管轄だ。ちなみに阪神地区と神戸市は旧の国でいうと摂津《せっつ》にあたる。

「なにせ、陽子さんはわたしらより長く生きてるもん」

雰囲気もそうだが、年齢的にも陽子は少しだけ上だ。

「だから、陽子さんはこれからもわたしらを支え――――あれ？」

なにやら空気が不穏になっている。

ここはいまいちの自分の家なので、その違和感にもちょっと早く気づく。

怒りの感情が渦巻いている気がする……。

（なんか、まずい発言したやろか……。陽子さん、怒ってるんちゃう、これ……？）

「いまいちちゃん、その表現はないんじゃないかな？」

「あれ、わたし、何か言いました……？」

「『長く生きてる』って言うのは…………………ねえ？」

（しもた、地雷踏んだ！）

年齢のことはタブーだった。

陽子が笑いながら怒っている。普段は温厚な陽子だが、年齢のことだけは聞いてはいけないのだ。そこに早々と踏みこんでしまうあたり、いまいちがいまいちな理由である。

（至急、弁解せんといきなり気まずい空気になってまうわ……ここが腕の見せ所や）

リカバーするぞ、そういまいちは決意した。

「か、かんにんして！　お姉さんっていうのも、年齢的な意味やないから！　年齢やないから！　年齢やないから！」

「ね、年齢って連呼しないでね……」

また逆効果だった。

「と、歳とか気にする必要はないやん……？　ほら、人間を歳で決めるような人は、どうせろくな人やないし。むしろ、歳をとってる人にしかわからんこともあるし……ええと、陽子さん、歳の割に若いです！」

「これは、ケンカを売られてるのかしら……それとも、イヤガラセ……？」

「うわ！　さらに悪化した！　どうしてなん？　フォロー入れたはずやのに……」

いまいちは絶望的に空気が読めてなかった。

「堪忍袋《かんにんぶくろ》の緒が切れたわよ……いまいちちゃん。私、変身しちゃうしかないみたい」

陽子は左腕を自分の首の前に出す。

その左腕を首からゆっくりと自分の顔にかぶさるようにあげていく。

腕が顔を通過したあとには、般若《はんにゃ》のような形相があった。

「こんなふうに……変身してまうで～」

「ひゃあぁ！　陽子さんがキレた！」

「いつもは落ち着いている私も年齢のことを突かれると大魔○のような方法で、表情を憤怒《ふんぬ》の相に変えることができるんや～。グゴアアアー！」

「うわー、世代的に大魔○はようわからんわー！」

「私が一番なじみあるライダーはブラックＲＸなんや～、グゴアアアアアー！」

「あかん、女性が出したらあかんような奇声を放ってるわ～！」

「私は宝塚歌劇団のごとく、こうやって顔も雰囲気も変化させられるんや～！　ちなみに通常が芦屋のお嬢様モード、今が甲子園のおっちゃんモードや～！　グゴアアア

アアアアアアアアア！」

「うわあ！　関西弁もなんか荒っぽいわ！」

「いまいちちゃんもジェット風船のごとく飛ばしてまうで～！」

「やめて！　そんなに体に空気入ってない！」

「ジェット風船のごとく飛ばしてまうで～――この七階のベランダから」

「死んでまう！　死んでまうよ、陽子さん！」

般若の顔が近づいてくる。普通に怖かった。

「お許し下さい、陽子さん、もう言いません、もう言いません……」

「本当やな～？　ウソやったら甲子園の土を投げつけるで～」

「土を武器みたいにせんといて……。ほんまです、ほんまですぅ……」

陽子はもう一度左腕を首のあたりから上にスライドさせていく。

般若の顔は元のお姉さんのものに戻っていた。

「ふぅ……もう少し言葉には気をつけてね」

「はい、決してウソは申しませんから……」

いまもえのメンバーにはそれぞれ変な特殊能力があるらしい。その全貌はいまいちも把握していないのだ。ぶっちゃけ誰も把握していない。

「そしたら、残り二人が来るまで待ちましょうか。あ、これ、お土産の三田《さんだ》のロールケーキね。デザートに食べましょ」

「ありがとうございます〜。これって、無茶苦茶行列できてる、あのロールケーキですよね！」

三田にはロールケーキの超有名店があるのだ。

三田市は北摂《ほくせつ》の住宅地である。ＪＲで新三田行きの電車を見ることがあるかもしれないが、あの新三田も新興住宅地で有名だ。一方で歴史もある土地で、花山院《かざんいん》などの著名な寺社もある。

――ピンポーン。

そこにまたインターホンが鳴った。

玄関には典型的なツインテールの女の子が立っていた。

「おはよー！　ってか、こんにちはか、もう。二号の可音《かのん》やで！　お久しぶりやね！どう、元気にしてた？　播州《ばんしゅう》地区の平和はこの一か月ちゃんと守ってたで！」

「こっちもなんとかやってるわ〜。入って、入って〜」

こちらが二号をつとめる可音。

播州、つまり兵庫県の南西部、播磨《はりま》地区を管轄している。関西に住んでいる人は、播州赤穂《あこう》行きという電車を見たことがあるかと思うが、あの播州である。

厳密に播磨だった範囲を考えると、神戸市垂水区や西区も播磨の東部に含まれてしまうが、管轄としてはだいたい明石市より西ということになっている。警察の管轄などではないので、このへんはテキトーである。

「おっ、なんか、台所からおでんの匂いがしとるなっ！　あれ、今日はおでんパーティーなん？」

「あっ、あれは昨日の夜の残りで、今日は別のやつなんやけど」

「ふうん。こっちやと、からしでおでん食べるってほんとなん？」

可音が驚愕の表情でおでんを見ている。

「やっぱり、可音ちゃんはおでんはショウガなん？」

播州の州都ともいえる姫路では、おでんをショウガ醤油で食べる。

「当然や！　ショウガ醤油が一番酒に合うで！」

「お酒……じゅる」

いまもえメンバーは全員酒が飲める。むしろ、これから飲む。
※全員二十歳以上です。
「姫路は城とおでんが誇りやからな！　県庁所在地は神戸にあっても、こっちは世界遺産姫路城があるで！」

「でも今、修復中でシートに覆われてるんよね」

若干、空気凍りついた。

（また、ＮＧワードを言ってしまったかもしれん……）

いまいち、地雷を踏むのは得意である。

「いまいち、触れてはあかんことに触れてもうたな……」

「あっ、ごめん！　でも、平成二十七年に幕もはがれるし、今のうちだけやから、なっ、なっ？」

ぽんぽん。可音がいまいちの肩を叩いた。

「いや、いいんや。今はごく普通にお気楽に生活しとったらええ……」

「その割には何か雰囲気が怖いんやけど……」

「ただ、明け方に、選ばれし播磨の刺客の襲撃を受けることになるかもしれんけどな……」

「刺客？　そんなん、おるん……？」

「総勢四十七人おる」

「あ、赤穂浪士に仇討ちされる！」

「どうや、四十七人もの数に狙われたら怖いやろ」

「たしかに怖いわ……。赤穂藩と姫路藩って違う藩なんやし許してや！」

「いいや、無理やな。赤穂発の四十七人の仇討ちアイドルユニットを舐めたらあかんで」

「何か違うものが習合してるで！　少なくともアイドルやないし！　むしろ仇討ちのために目立たんようにせんとあかん人たちやで！」

「プロデューサーの名前は吉良《きら》さん」

「歴史の皮肉やっ！」

「でも、本当に仇討ちには気をつけたほうがええで。姫路城を侮辱した者にはそれなりの制裁が与えられるからな」

以後気をつけようとあらためて思ういまいちだった。

「たとえば、知らんうちに通路に鋭利なピアノ線――」

「怖っ！　ほんまに命を狙われてる！」

「――のような播州そうめんが張られてる」

「そうめんが折れるだけや！　いや、そうめんが通路に張られてたら、ちょっとホラーやけど！」

「ほかにも、やかんにお茶と見せかけて龍野産の醤油を入れたりとか」

「名物で無理矢理攻撃されてるわ！」

「冷蔵庫を開けると、買った覚えのないタコがうねうね動いてるとか」

「それが一番ホラーやわ！」

「ホラーといえば、草木も眠る丑三《うしみ》つ時に、数を数える、こんな声が聞こえてくるで」

「ああ、皿屋敷のお菊さんや」

「『四十五人、四十六人、四十七人……やっぱりアイドルユニットを組むには一人足りない……』って」

「別に四十八人おらんとアイドルが成立せんわけやないよ！　特定のアイドルの数が

四十八なだけやで！」

「そういうプロデューサーの吉良さんの嘆きの声が聞こえるねん」

「吉良さん、四十八人にこだわってたんや！　たしかに本人からしたら四十七人は縁起悪いけど！」

「………なんか、ボケてたら怒りも消えてもたわ」

「ボケって認識あったんや……」

一応、怒りも収まったらしく、いまいちはほっとした。

「阪神の陽子さんも、もう来てるねんな。お久しぶり！」

「お久しぶり。そっちの調子はどう？」

「上々や！　あとは三号の千里《ちさと》だけか～。あいつ、また最後やな。ある意味番号順でわかりやすいけど」

そんな話をしていると、またインターホンが鳴った。

いまいちが玄関に出ていくと、少し背の低い女の子が立っている。

「こんにちはー！　みんな、元気～？　元気かなぁっ！」

「う～ん……千里ちゃんよりは元気やないかもしれんな……」

「淡路の三号、千里は太陽をしっかり浴びて育ってるからねっ！　いえーい！　淡路名産のレタスのように元気だよっ！」

というわけで、三号の千里は淡路島を管轄している。

見た目はあまり二十歳以上には見えないが、二十歳以上である。酒も飲めるのである。

この合計四人で、兵庫県いまいち大会は開かれる。

いまいちが神戸市を担当。

一号の陽子が阪神を担当。

二号の可音が播州を担当。

三号の千里が淡路を担当。

丹波《たんば》は空席。

但馬《たじま》も空席。

面積的には管轄に入ってない部分が大きいが、これでも兵庫県いまいち大会である。

「育ってる割には、千里ちゃん、小さいけどなあ」

ぴしっ。

何かが固まった音がした。

千里がいまいちの目の前で固まっていた。

三度《みたび》、やらかした。

二度あることは三度あるというが、きっちり地雷を踏んだ、そう思った。

「うっ……小さいって言われた……小さいって言われた……」

「あっ、ごめん！　コンプレックス的なところを刺激してもた！　今のなしにして！」

「チビって言われた、お前なんて顕微鏡使わないと見えない、この単細胞生物め、一寸の虫にも五分の魂って言うけど、せめて一寸程度にまで成長しろって言われた……」

「そこまでは言うてへんよ！　チビとすら言うてへんよ！」

千里は小さいという点に関してだけ、被害妄想的な部分があるらしい。

「ああ……やっぱり本州側と淡路島には深い断絶があるんだね……。いくら大きな橋でつながったように見せかけてもダメなんだね……」

「絶対に文脈的にそんな意図はないで！」

「うえ～ん、うえ～ん、うえ～ん……涙が止まらない……」

「ほんとに号泣してるっ！　あの、原因作った側が言うことやないかもしれんけど、泣きすぎとちゃうん？」

「これを使ってるから」

千里はたまねぎを二つ手に持っていた。

「淡路島の特産品をそんなふうに使ってる！　正しい使用法で使ってや！」

「うえ〜ん、うえ〜ん……淡路島のたまねぎは甘くておいしいよ……うえ〜ん、うえ〜ん！」

「強引に特産品を宣伝した！　泣きながらせんでもええやん！」

「泣くのにも最適、淡路のたまねぎ……」

「その宣伝は違うで！　何かが違うで！」

くるっと千里が踵《きびす》を返した。

「もう、帰る……。帰って淡路島のコアラと遊ぶ……。パンダはいないけど、イングランドの丘にコアラはいるもん……」

「帰らんといて！」

「コアラが千里を呼んでるもん……」

「帰らんといて！　今日の料理担当は千里ちゃんなんやから！　会合が成り立たへん

ようになる！」

「――――あっ、そういえばそうだったね」

ＡＭ12時～　昼食懇親会

時刻は十二時。

この時間から大会は正式にはじまる。

ただ、議題はあとまわしで、まず最初に食事会からスタートする。

「というわけで、今月の兵庫県いまいち大会を開きたいと思います～」

ぱちぱちぱちぱち（拍手）。

「では、僭越《せんえつ》ながら、いまいちが音頭をとらせていただきます～。とりあえずビールで乾杯～！」

「「乾杯！」」

一同、昼からビールを飲む。

「さてと、ビールもいいけど、みんな、料理にも注目！　本日の料理担当は千里なの！」

千里がテーブルに目をやる。

全員の前に置かれているのは、牛丼。

「最高級の淡路牛とたまねぎを使った、淡路島牛丼なの！　牛丼にするのがもったいないような味だよっ！」

こんな感じで交代で土地のものを使った食事会をやっている。

立場的にも地産地消したほうがいいので、理にかなっている。

「はぅ……肉やわらかい。肉だけでなくたまねぎの濃厚な甘さ……本気でおいしい……。対岸の淡路島にこんなもんがあるんやぁ……」

「そうね。ビールというよりワインのほうが合うかも。そんな牛丼……」

「あかん！　美味すぎてボケられん！　これはたしかに播州にはない！」

今回の淡路島牛丼も無事に好評をもって迎えられた。まあ、いい食材で牛丼を作って不味《まず》いわけがないのだ。

「ふっふっふ。淡路島を舐めちゃダメだよ。渦潮《うずしお》だけじゃないいんだよ！」

こうして、華々しく幕を開けた大会だった。

ZZz..

だが、毎回、このあと、ひどいことになる。

一時間後。

「あ～、龍力《たつりき》なくなったわぁ……いまいち、菊正宗持ってきてやぁ……」

「ははぁん……まだ酔ってなぁいもん……酔ってなぁ……」

だいぶ酔いがまわって、ぐだぐだになっていた。

「はぁ、また酔っぱらってるぅ」

淡路の千里だけが体の割に一番強く、平然としている。

一方、お姉さん役のはずの阪神の陽子はすでに酔いつぶれてテーブルに突っ伏していた。

「なんだかなあ。う～ん、いかなごの釘煮《くぎに》、おつまみにいいね～」

いかなごの釘煮はいまいちの住む神戸市垂水区やその近隣で作られている、いかなごを甘辛く煮た佃煮である。ご飯にのせて食べるのもいいし、酒にも合う。最近ではメジャーになってきて、兵庫県産のいかなごが全国のスーパーで売られていたりする。

「あのな、前なぁ……姫路城ってパソコンで打ったらな、秘め事情って一発変換されたんよ……ちょっとえっちいなぁ……はは……」

「酔いませんよぉ……灘の生一本《きいっぽん》ですよおぉぉぉぉぉ……」

可音といまいちも、ほぼつぶれていた。

「ブライダル都市高砂が管轄内にあるのに結婚できへん、相手おらん……ひゃああひゃひゃひゃひゃ…………」

「酔わないですよ……一ノ谷の逆落《さかお》としだってできちゃいましゅううううう……千鳥足なんかじゃないでしゅううう……」

「うぼぁ……ぐやぁ……ひぃ……」

「酔ってなあふぁふぁぞ……」

もはや、意味のわかる言葉を発することができない状態だった。

「みんな、酔いやすすぎるよ、もう！　これでも大会の議題はあるのに」

そう、これでも一応会合なので、話す内容はあるのだった。

まず話すことを話してから飲めよというツッコミもあるだろうが、帰りが遅くなると翌日の月曜日がしんどいなどの理由でこの時間になっている。

ＰＭ３時30分～　話し合い

「ええと、皆さん、酔いも醒めてきたと思うので、議題を進めたいと思います」

　いまいちが立ち上がって、司会をする。まだ、陽子がお酒から完全に回復してないっぽいため、司会をやることになった。

「次回こそ、酒は飲んでも飲まれるなの精神で頑張りたいと思います」

「というか、いまいちちゃん、灘五郷もある神戸市管轄なのに、お酒弱すぎるよ～」

「千里ちゃん、こればっかりは体質なのでご容赦下さい」

「でも、酔うまで飲むんだよね～」

「聞かなかったことにします」

　都合が悪いので、いまいちがスルーした。

「なお、本日のスイーツは陽子さんの持ってきてくれたロールケーキです。ぜひ、ご賞味下さい。それと陽子さんに拍手！」

　ぱちぱちぱちぱち（拍手）。

この時間から、やっと議題についての話し合いが行なわれる。時間が短いので、ぶっちゃけあまり決まらない。

「はい、まず、第一のテーマです。お手元のプリントをご覧下さい」

本日のテーマ1
丹波と但馬、どうなってるん？

「ええとですね、皆さんもご存じのとおり、丹波と但馬を代表する人が選出されてません。これはちょっと問題なのではないでしょうか！」

「そしたら、まず丹波からいこうかしら。意見ある人はいる？」

「はい、はい！　はーい！」

千里が元気よく手を挙げた。

「それじゃ、千里ちゃん、どうぞ」

「丹波だし、栗がいいと思います！」

「栗は人間やないで！」

「でも、猿蟹合戦《さるかに》で出てこなかった？」

「それは擬人化やし……」

今度は可音が手を挙げた。

「黒豆でどうや！」

「『どうや！』の意味がわからん。特産品を紹介するコーナーと違うよっ！　テーマを勘違いしてるでっ！」

「丹波の人で、よさそうな知り合いはいないな〜」

「こっちも知り合い、播州に集中してるしな〜」

丹波のいい人材は今のところ、いないらしい。

「ええと、それじゃ、先に但馬について考えてみない……？」

陽子が但馬から話を進める提案をする。

「はーい、はーい！　但馬も任せて！」

「それじゃ、千里ちゃん、どうぞ。でも、蟹って答えるのはナシな〜」

「あっ…………………………」

「どうして詰まってるん！　やっぱり、蟹って答える気やったんや！　そうやなあ、

但馬
丹波
播磨
阪神
神戸市
淡路

可音ちゃんは何か意見ない？」

「ああ！　卑怯やで！　そっちから聞いてくるとか卑怯やで！　蟹をつぶしておいてそれはないでっ！」

「だから、特産品を答えるコーナーやないって！」

「せやな………城崎《きのさき》温泉？　いや温泉やったら有馬《ありま》温泉もあるし、姫路にも塩田《しおた》温泉あるし、赤穂にも、武田尾《たけだお》にもあるし、いまいちインパクトに弱い。出石《いずし》そば？　そば、そばかぁ……。あっ、天橋立《あまのはしだて》！」

「それ、兵庫県やなくて京都府じゃないの？」

冷静に陽子が指摘した。

「あっ、そうか……そしたら大江山《おおえやま》の鬼退治とかも……」

「それも京都府よ」

「ああ、どないしよ……そうや、コウノトリがいるわ！」

「そうね、それなら文句ないわね」

「みんな、ご当地自慢が目的やないで！　誰か但馬でメンバーに入ってくれそうな人の心当たりはないいん？」

「「「…………………………………………」」」

なかった。

「では、新規メンバーは次回に持ち越しということにします」

いまもえ制作委員会では、（おそらく）丹波・但馬のキャラを募集しています。

本日のテーマ2

何か主題歌的なものを作ってはどうか？

「それじゃ、丹波と但馬の人探しは鋭意継続していくことにして、次の議題に入ろうと思います。プリントをご覧下さい」

全員がプリントに目をやる。

ちなみに、ロールケーキは全員完食した。甘いものは別腹である。

「文字通り、主題歌を作ろうと思うんです。ほら、いまもえ仲間の結束を高めるためにもいいんとちゃうかな～って」

「それはいい案だと思うんだけど、誰か作曲できる人っているの……？」

「「……………………」」

陽子の質問にまた沈黙が降りた。

「あっ！　千里はカラオケ得意だよ！」

「曲のほうは……？」

「無理」

やはり、人材的に苦しそうだった。

「陽子さんはどうですか？　ほら、宝塚歌劇とかあるし」

「それと、作曲できるかは別だから……」

「可音ちゃんは、どう？　ほら、童謡の赤とんぼって龍野と関係あったんちゃう？」

「それと作曲ができるかどうか、何の関係もないやろ……」

「あかん。またもや、即座に議題が終了してしまいそうや……。全然この大会として発展性がない……」

自宅を提供しているせいか、なんとなく責任者ポジションにいるいまいちがプレッシャーを感じていた。

「う～んとね、それじゃ、先に歌詞だけ決めておいたらどうかしら？」

「「「それ！」」」

そんなことから、まず歌詞だけでも作ることになった。あくまでも歌詞だけだ。

「まず、テーマを決めておきたいと思うんやけど、兵庫県が歌詞に入ってるほうがええよね」

「それと、あんまり理想論的すぎても、活動に合わないかもしれないし、等身大を意識したほうがいいかもしれないわね」

「かっこいー！　鉄人28号みたい！」

「あれは大きすぎるけどね……」

淡路の千里は大きいものが好きらしい。

ちなみに、等身大の鉄人28号とは、ＪＲ新長田《しんながた》駅南にあるモニュメントのことである。本当に等身大で、よく鉄人の下で同じポーズをして写真を撮ってる人たちがいる。すぐそばに長田のご当地フードが食べられる店もあるので、一時間もあれば十分観光できる。観光のついでにでも寄ってみて下さい。

「そしたら、これは入れたいっていう言葉があったら、教えてな～」

「まずは摂津・播磨・丹波・但馬・淡路を入れたほうがいいんちゃう？」

「そうやね。兵庫県はその旧五か国が基本やからね」

「あと、姫路城も入れて！」

「わかった……姫路城も入れる」

「はーい、はーい！　そしたら、淡路のたまねぎも入れて！」

「なんか、カオスになってきたなあ……。陽子さんは何かある？」

「う～んと………それじゃ、西宮戎《にしのみやえびす》？」

「西宮戎と……。何か、敵を倒すみたいな要素もあったほうがええんかな？」

「敵っていうと、鹿と猪がちょうどええんとちゃうかな。まわりの都道府県と戦うのはまずそうやし」

「そうやね。新聞社のキャラやし、そこは無難にしたほうがええよね」

「土地の名物的なものも入れよーよ！」

「そやね。丹波も目立つ感じにしよか～」

そして、様々な検討が加えられた結果、こんな歌詞ができた。

いまいちテーマソング　　作詞　兵庫県いまいち大会

1

摂津・播磨・丹波・但馬・淡路！
摂津・播磨・丹波・但馬・淡路！

五つの力が一つになって　強い兵庫を作り出す
姫路城の天守の上から　敵がいないか探してる

田畑を荒らす悪の動物　鹿・猪
あまり悪さをしないでほしい　お願いだから

（ここがサビ）
レベルはいまいち！　やる気は七割！　兵庫の愛なら九割五分！
いまいち　いまいち　いまいち萌えない娘！

2

摂津・播磨・丹波・但馬・淡路！
摂津・播磨・丹波・但馬・淡路！

甘さとからさが一つになって　美味い釘煮を作り出す
西宮戎にお参りし　運気の向上願ってる

大地に実る天の恵みの　栗・黒豆
丹波を世界に広めてほしい　お願いだから

レベルはいまいち！　やる気は七割！　兵庫の愛なら九割五分！
いまいち　いまいち　いまいち萌えない娘！

3

摂津・播磨・丹波・但馬・淡路！
摂津・播磨・丹波・但馬・淡路！

潮の流れが一つになって　美味い魚を作り出す
コウノトリをたくさん育てて　敵がいないか探させる

七つの外湯が楽しめるぞ　城崎なら
冬場は湯冷めに注意してほしい　お願いだから
レベルはいまいち！　やる気は七割！　兵庫の愛なら九割五分！
いまいち　いまいち　いまいち萌えない娘！

4
摂津・播磨・丹波・但馬・淡路！
摂津・播磨・丹波・但馬・淡路！
海と山とが一つになって　強い兵庫を作り出す
神戸の牛をがっつり食べて　灘の酒にも酔いしれる
神話のふるさとここに始まる　淡路島
太古のロマンを感じてほしい　お願いだから

レベルはいまいち！　やる気は七割！　兵庫の愛なら九割五分！
いまいち　いまいち　いまいち萌えない娘！

「皆さん、率直な感想を求めたいんですけど、どう思いますか？」

「微妙ね……」

「率直に言われてもた！　可音ちゃんはどう……？」

「ルールにとらわれない斬新で個性的な作品やと思うわ」

「それ、絶対、とくに褒めてないわ！　千里ちゃんは？」

「すべては曲次第じゃないかなー？」

「現実的な答え出たなあ……まさにそうやなあ……」

課題を残しつつも、歌詞が決まったので、一応の成果アリということにしようと思ういまいちだった。

兵庫県かいまもえを愛していて、作曲ができるという方、募集しております。よろしくお願いします。

「え～、では、次回は曲を作れる人をなんとか探すことにしたいと思います。これにて、今回の兵庫県いまいち大会を終わります！」

ぱちぱちぱちぱち（拍手）。

ＰＭ５時45分～　閉会

「それでは、また一か月後に会いましょう」

「また、いいお酒持ってくるで！」

「ばいばーい！」

一号、二号、三号が垂水駅の前で手を振る。いまいちも、駅までお見送りに来ていた。

「うん、また、それぞれ頑張ろな～！　気をつけてな～！　あっ、それと、次回の昼食担当は誰にする？」

「よっしゃ、ワタシがホルモン焼きうどん作るわ！」

「よろしくね、可音ちゃん」

「可音ちゃん、お願いするねっ！」

「一番大事な昼食担当も決まったし、これで解散やね。みんな、家に帰るまでが兵庫県いまいち大会やで～！」

こんなノリで今回の大会も幕となった。

いまいちたちの結束は、こうした日々のコミュニケーションによって成り立っているのだ。

決して、集まってごはんを食べて酒を飲んでいるだけではない。

頑張れ、いまもえ！

いまもえ、頑張れ！

※兵庫県いまいち大会では、丹波・但馬の代表として参加してくれる方を募集しております。

※兵庫県いまいち大会では、作曲ができる方も募集しております。

兵庫が生んだ偉人、今井武蔵

時は江戸時代初期、いまだ戦国の騒乱の空気が抜けきらぬころのことである。

今の神戸市垂水区のあたりに、今井武蔵《むさし》という娘がいた。

そう、あの、今井武蔵である。

もし「ああ、あの今井武蔵ね」と思った人は、たぶん知ったかぶりである。

この今井武蔵は兵庫県の一部でしか知られていない、知る人ぞ知る武芸者だからである。

初めて聞いたぞという方は、歴史人物事典をひもといてみてほしい。

きっと載ってないだろう。

悔しいかな、その程度の知名度なのだ。今回は、剣士でありながら平和を愛し、戦わないことに強さを見出した異色の剣豪、今井武蔵の生涯にスポットを当て、この郷土の偉人の知名度が少しでもあがるようにしたいと思う。彼女の目指した「いまいち流剣術」とはどのようなものだったのだろうか?

今井武蔵が剣術を志すようになったのは、ある本との出会いが大きい。

その本というのは、宮本武蔵が書いた『五輪書《ごりんのしょ》』である。

宮本武蔵といえば、播磨出身と言われている、伝説をいくつも持つ剣豪である（近年の研究では、播磨出身でほぼ間違いないらしい）。幾度となく決闘に勝ち、天下無双の男と言われた。

その宮本武蔵の戦術を極め尽くした『五輪書』を今井武蔵は読んだらしい。なお、『五輪書』は宮本武蔵の晩年、熊本で書かれたもののはずだが、どうしてか今井武蔵は読めたようだ。とりあえず読めたことにする。

――これからは、剣術の時代や。女の子も剣術や！

そう今井武蔵は思ったという。

当時、たしかに女性といっても、剣術をしている者がいないわけではなかった。戦国時代には女性が戦場に出ることも皆無ではなかったから、その流儀が残っていたせいもある。

ただ、男の剣術と異なることは、相手を萌えさせて、その隙をついて勝つのが主流だったことである。そんなわけないだろう、あほかという研究者の意見もあるようだが、そういうものがあったうえで話を進める。

そして、今井武蔵は地元垂水で剣の道によって生きることにしたのだ。

——地元最強の剣豪になるで！

ちなみに、垂水は明石藩の土地である。明石の城下町の町割りは宮本武蔵が関与したと言われているが、史料的にもその可能性はかなり高いらしい（本当に高いようです）。今井武蔵がそんな明石藩の土地でやる気になったとしても不自然なことではないだろう。

だが、今井武蔵は才能がいまいちだった。

結果も出ず、負けたり勝ったり負けたりしていた。だいたい一勝二敗ペースだった。

問題は明らかだったといえよう。当時の剣術は相手が萌えている間に勝つのが基本だった。そうなると、いかに萌えさせるかが勝負を決するのは当然である。だが、今井武蔵はその点でも微妙だったのだ。

あまりにも結果が出ないので、今井武蔵はアンケートをとることにした。

自分が敗れた相手に、「今井武蔵がいまいちいけてない（萌えていない）理由を三つあげて下さい。なお、抽選で三名様に粗品をプレゼントします」というアンケート用紙を渡したのだ。

戻ってきた主な意見。

・青すぎる。（出石藩、十八歳女性）

・顔がどこを見てるのかよくわからない。それに青すぎる。（尼崎藩、二十歳女性）

・化粧が下手。青すぎる。（小野藩、十七歳女性）

・体のバランスが悪い。あと、青すぎる。（龍野藩、十五歳女性）

・粗品って何をくれるんですか？（山崎藩、二十二歳女性）

このように青すぎることに問題があることはだいたいわかったが、今井武蔵はそれについては改めなかったようである。本人は意外と気にいっていたのだろうか。粗品については資料がないのでよくわかっていない。いかなごだったのかもしれない。

だが、このままではどうしようもない。生活あがったりである。

——よっしゃ、ここは困った時の神頼みや！

今井武蔵は神仏に救いを求めることにした。

まず、太山寺《たいさんじ》の本堂に入った。ここは現在でも神戸市内唯一の国宝建造物で、大変立派である。もちろん当時からあった。一時間ほど座禅したが、足がしびれてきたので諦めたという。そのあと、川沿いの不動明王の磨崖仏があるあたりで、修行しようとしたものの寒そうなので諦めたということだ。「諦めること、風のごとし」、これがいまいち流のやり方だった。

次に、今の加古川市にある鶴林寺《かくりんじ》の本堂に入った。ここの本堂も室町時代の国宝として残っており、無論当時もあった。座禅中に寝てしまい、怒られたので逃げだしたらしい。

ここから北上し、一乗寺《いちじょうじ》（ここも三重塔が国宝）で座禅したが失敗し、さらに浄土寺《じょうどじ》（ここも国宝が残る）でも失敗し、朝光寺《ちょうこうじ》（ここも本堂が国宝）でも失敗した。伝説によると、そのあと、播州清水寺で失敗し、三田藩の領内にある駒宇佐《こまうさ》八幡神社でも失敗し、同じく三田藩の領内の花山院で失敗し、淡河《おうご》の石峯寺《しゃくぶじ》で失敗し、有馬温泉に寄ったが、ここでお金がなくなったので、箕谷《みのたに》の六条《ろくじょう》八幡神社と無動寺《むどうじ》によって帰ったという。いろんな寺社をまわったが、効果はなかったらしい。

しかし、この武者修行の旅で今井武蔵はある発見をした。

——ありのままの自分でええんや。

そもそも、武者修行と呼べるのかという説もあるようだが、ここでは武者修行だったと解釈する。己を磨くことはすべて修行である。

こうして、今井武蔵は「いまいち流剣術」という新しい流派を垂水で開いた。

本来なら、こんなレベルだと流派を開いたりしないのだが、奇跡的に弟子もできた。まったく萌えない弟子が数名できたらしいのだ。

この弟子たちとの心温まるやりとりが、弟子がまとめた記録『いまいち流言行録』に残されている。わかりやすいように現代語訳して紹介しよう。

弟子「いまいち萌えない状態で、どうやって萌える相手に勝つのですか?」

今井「萌える前に勝てばええんや。萌える前に勝つから相手が萌えることもない、つまり、いまいち萌えないまま勝つ。これぞ、いまいち流剣術の真髄やで」

弟子「さすがです、師匠。どうすれば相手が萌える前に勝てるのでしょうか?」

今井「わからへん」

弟子「自分の頭で考えろということですね! さすがです! ところで剣は上段にか

まえるべきでしょうか、中段にかまえるべきでしょうか、下段にかまえるべきでしょうか」
今井「考えてへんかった……」
弟子「相手によって、自在にかまえも変えるべきだということですね、さすがです！」
今井「そ、そうや……そういうことや」
弟子「刀は長いほうがいいのでしょうか、小振りの短いもののほうがいいのでしょうか」
今井「そんなん、考えてへんかった……」
弟子「どんな武器でも勝てるという自信のあらわれですね、さすがです！」
今井「そ、そうや……そういうことやで……」
弟子「ところで師匠は誰かから教えを受けたのですか？」
今井「おらへん」
弟子「つまり、自分は最強で、誰からも教えを受ける必要などないということですね、さすがです！」
今井「そ、そうやで……今年は調子ええから、九勝十二敗やで。悪くはないやろ」

なお、ほかの史料と見比べた結果、九勝十二敗というのは誤りで、実際は九勝十四敗だったことが明らかになっている。弟子が、勝率があまりに悪すぎると感じ、数字を操作したのだろう。

このように、弟子たちによって今井武蔵が必要以上に強いように叫ばれたのだ。これは後年の今井武蔵の運命にも大きな影響を与えることになるが、今はそれは置いておくことにしよう。

弟子を取って二年目、今井武蔵はある著書を書きはじめる。

それが、あの有名な『五兵書』である。

もし「ああ、あの『五兵書』ね」と思った人は、たぶん知ったかぶりである。実は有名ではない。

一言で言うと、この『五兵書』は宮本武蔵の『五輪書』のパクリである。

――『五輪書』みたいな本を作ったらすごい人やって思われて、弟子が増えて月謝も増えるかもしれへん！

おおかた、今井武蔵はこんな魂胆だったのだろう。しかし、全然違うところで、この本には意味があるのだ。

この『五兵書』は五巻に分かれている。
一巻が、播磨《はりま》の巻。
二巻が、淡路《あわじ》の巻。
三巻が、但馬《たじま》の巻。
四巻が、丹波《たんば》の巻。
五巻が、摂津《せっつ》の巻。

そう、剣術のあり方を今の兵庫県に含まれる地域を使って語っているのである。ちょうど今井武蔵の出身地である播磨から時計回りになっている。たんなる偶然だが、こんな偶然はなかなかない。まるで兵庫県を知る者が、あとから創作したかのようだ。

以下に各巻の大意を現代語訳で示してみよう。

播磨の巻　剣術は播磨平野のような広い心でやらんとあかん。

淡路の巻　剣術はしんどいから泣きたいこともある。でも、泣いたらあかん。泣いてもた時は淡路のたまねぎを忍ばせておいて、たまねぎのせいで泣いたことにしたらええ。それと、たまねぎは健康にもええ。わたしの考えたたまねぎレシピを紹介するわ（略）。

但馬の巻　剣術は蟹のハサミのように二刀流がええ。
丹波の巻　剣術はイノシシのように一気に攻めるのがええ。
摂津の巻　剣術は兵庫の港のようにスケールの大きなものでないとあかん。

　ほかにも、播磨の巻では、いかなごをたくさん食べて骨を丈夫にするのがよいとか、摂津の巻では、灘や魚崎や伊丹の酒はおいしいが、飲みすぎると体にも家計にも悪いので注意したほうがいいとか、但馬の巻ではコウノトリは美しいので保護していかないといけないとか、女性らしいこまやかな心遣いが随所に著《しる》されている。

　これは弟子を中心にちょっとだけ広まったらしく、今の兵庫県の南部を中心に読む者が現れた。

　そして、全然萌えない弟子たちが、いまいちでも萌えると言えなくもない師匠を強いと喧伝していったため、今井武蔵に勝負を挑む武芸者が現れることになってしまったのだ。

　これが、今井武蔵の人生のハイライト、三つの決闘である。

まず、第一の相手は摂津の陽子という武芸者だった。

――今井武蔵、いざ尋常に勝負よ！　甲山《かぶとやま》の頂上で待っています！

甲山とは西宮市にある標高三〇〇メートルほどの山で、山中にある神呪寺《かんのうじ》から登山道もあり、登っていける。甲東園《こうとうえん》とか甲陽園《こうようえん》とかいう地名が西宮市にあるが、この「甲」という漢字は甲山が由来である。いわば西宮市のシンボルとも言うべき、神聖な山である。それと神呪寺という名前は何か不吉に聞こえるが、神を呪うという意味ではない。

今井武蔵は逃げたかったが、弟子が「師匠、あんな奴やっつけて下さい！」と叫んでいるので逃げられず、西宮のほうまで向かった。しかし、当時は神呪寺のほうに向かうバスなどももちろん走っておらず、ひたすら歩いて神呪寺まで行き、さらに登山道を登るしかなかった。

――疲れたわ……。悪いけど、無理や……。負け犬でええわ……。

あまりにもしんどいので、神呪寺で今井武蔵は垂水に引き返してしまった。

――これ、逃げたって知って、弟子も怒って出ていくやろな……。月謝入らんようになるけど、どうしよ……。

しかし、今井武蔵が無傷でそこそこ疲れた顔で帰ってきたため、弟子は「師匠、大勝利ですね！」と言って、それを広めたという。

当時の様子を『いまいち流言行録』から引いてみよう。

弟子「無傷で帰ってくるなんて、師匠すごすぎますよ！」

今井「(戦わんかったから)無傷は当たり前やで」

弟子「一撃も受けずに勝ったってことですね！　すごいです！　ぜひとも宣伝します！」

今井「あっ……恥ずかしいから宣伝はやめて……。また、新しい敵が来たら困るし……。平和にいこ……」

また宣伝の結果、次なる挑戦者が現れた。

播磨の可音という武芸者である。

——今井武蔵、お前の天狗《てんぐ》の鼻、へし折ったるわ！　高御位山《たかみくら》の頂上で待つ！

今の高砂市に鹿島神社があり、その北側に岩肌の露出した山があるが、そこが高御位山である。頂上に高御位神社もある。そこで勝負することになったのだ。

——どうしよ、たぶん負ける……。

今井武蔵は正直戦いたくなかったが、弟子が「師匠、頑張って下さい！」と背中を押すので引くに引けず、鹿島神社のほうに向かった。そこで戦勝祈願をして、高御位山に登ることになった。

だが、すぐに異変が今井武蔵に起こった。

——しんどいわ。

疲れる思いをしてまで山に登って戦いたくはない。今井武蔵は垂水に引き返してしまった。弟子は今井武蔵が無傷で帰ってきたので「勝ったに違いない」と思いこんで、また喧伝したという。

——このままやと、そのうちすごい剣豪と戦うことになって、えらい目に遭うで……。変に名前だけ広まってしもたし、そろそろ身を引くべきかもしれんな……。

どうも、今井武蔵はそのように考えていたらしい。

けれど、その意に反して、弟子の宣伝はとどまることを知らず、さらなる挑戦者が現れることになる。

淡路の千里という武芸者だった。

――最近、調子に乗ってる今井武蔵、いざ尋常に勝負！　巌流島《がんりゅうじま》で待つ小次郎のように、淡路島で待ってるよ！　ただし、宮本武蔵の場合と違って勝つのはこっちだけどね！

千里は当時、名の知れ渡っている剣豪だった。戦えば、まず無事ではすまない。事ここに至って、ついに今井武蔵も決意した。

――今回ばかりはやるしかないで。もし、まぐれでも勝ったら、この周辺では最強の剣士やと思ってもらえる。ここは勝負や！

今井武蔵は覚悟を決めて、淡路島に渡った。

幸い、垂水から淡路島は近いので渡りやすい。今も明石海峡大橋が垂水区の舞子からかかっているぐらいである。

だが、そんなに簡単にはいかなかった。

――淡路島に着いてみたけど、どこにおるん……？

そう、淡路島のどこで待っているか、千里は言ってなかったのだ。しかも巌流島のように小さな島ではない。無茶苦茶広い。

一週間ほど探し回ったものの、今井武蔵は千里を見つけることができなかった。

——もう、ええわ……。お金なくなってきたし、垂水に帰ろ。

こうして、またもや今井武蔵は無傷で戻ってきた。

ほかの史料によると、この時、千里は諭鶴羽《ゆづるは》山の山上にある諭鶴羽神社で待っていたという。

ここは参道が今でも非常に険しく、鹿が飛びだしてきたりもする、秘境めいたところである。今井武蔵が行くわけもなかった。

弟子は「あの千里との勝負にも無傷で戻ってくるなんて、もう最強と呼ぶしかないですよ！」と褒めまくったという。

そして、今井武蔵に大きな思想的変化が起きた。また、『いまいち流言行録』を引こう。

弟子「ことごとく無傷で戻ってこれた秘訣を教えて下さい！」

今井「戦わんことや」

弟子「それは、つまり、戦わずして勝つということですか？」

今井「そうや。戦わんかったら負けへん。負けへんということは、つまり、勝ってるということや」
弟子「感服しました！　これほど完璧な教えがあったでしょうか！」
今井「よっしゃ、今日から剣術やめよか！　これで負けなしの最強や！　もう、やけくそや！」
弟子「はい、わかりました！」
今井「今日は飲むで！　飲むで！」

ご覧のように、今井武蔵は戦わないことが最強であると悟ったのだ。

この淡路島の決闘以降、誰かと戦ったという記録もない。剣を捨てて生きることにしたのだろう。言わずもがな、このあと、今井武蔵に勝った剣豪は誰もいない。但馬や丹波の剣客から決闘の申し込みがあったらしいが、遠いという理由もありすべて断ってしまったらしい。

いかがだったろうか。兵庫県にこんな風変わりな英雄がいたのだ。戦わなければ負けないという思想は、近年、江戸時代に現れた平和主義として、一部で高く評価されていないこともないという。

我々も、今井武蔵を見習って、平和を愛する気持ちを持って、負けずに生きていきたいものである。

いまいち松取物語

昔、昔、あるところにおじいさんとおばあさんと犬が住んでいた。

おじいさんの名前は可音といった。なんでこんな女みたいな名前なのかはよくわからない。おばあさんの名前は陽子といった。犬の名前は千里といった。

二人と一匹は貧しいながらも、今の神戸市垂水区のあたりで幸せに暮らしていた。

そんなある日のこと、可音おじいさんはいつものように舞子の松林を散歩していた。

ここはおじいさんの散歩コースなのである。

その松林の中に不思議な松があった。

なんと、青白く幹が光っているのだ。

「気持ち悪い松じゃわい。無視することにしよう」

「そんなこと言わんと開けて!」

松のほうから声がした。

「松がしゃべった。いよいよ気持ち悪い松じゃ。火をつけて焼いてしまおう」

「うわわ! 違う! 中に人がいるんです! 松がしゃべってるわけやないんです!」

ここまで言われたので、おじいさんも仕方なく松に近づいた。

よく見ると、幹の青白いところに、取っ手がついていて、開けられるようになっていた。開いてみると、人間の赤ん坊が一人入っていた。

「赤ん坊しかいないのに、さっきは言葉をしゃべっていた。なんと奇怪なことじゃろう。やはり、気味が悪いから捨ててしまおう」

おじいさんは保守的だった。

「捨てんといて！　松から生まれたぐらいやから特別な存在なんです！　だから言葉もしゃべれるんです！」

「はっはっは、松から人が生まれるわけがないだろう。誰かの捨て子に違いない」

おじいさんは現実的だった。

「とにかく、助けて下さい……。できれば育てて下さい……。お願いします、お願いします……」

「どうして、謎の赤ん坊にそこまでしないといけないのだ」

おじいさんは功利主義的だった。

「たしかに私を育てるメリットは…………あんまりないなあ……きっといまいちな育

ち方しかせんはずやしなあ……」

「そしたら、置いていくか」

「置いていかんといて！　せめて持って帰って！」

「でも、おばあさんに赤ん坊を連れて帰ってきたと言ったら、『あなた、犯罪者になるつもり！』って怒られる気がするんじゃが」

「そこは頑張って事情を説明して！　お願いやから！」

仕方ないので、可音おじいさんは家まで赤ん坊を連れて帰った。

おばあさんの反応が想像できなくて怖かったが、幸い、「ぜひ、うちで育てましょう」と言ってもらえた。

ということで、赤ん坊は今井家で育てられることになった。

赤ん坊は最初からしゃべっていたぐらいなので、すくすくと育ち、あっというまに年頃の娘にまで成長した。今井家のお姫様なので、人々からは今井の姫様、略して、今井姫と呼ばれるようになった。

だが、そこで困ったことが起きた。

今井姫があまりかわいくなかったのである。

「今井姫は何かが足りないわね。いったい、何がダメなのかしら」

「どこかがいまいちなんじゃよなあ。いったいどこなのか」

「いまいちだワン」

「赤ちゃんって、よほどのことがないかぎり、『かわいい』って言われるじゃない。でも、歳をとってくるとみんながみんなかわいいわけじゃないわ。どこで差がついちゃうのかしら」

「ううむ、こういう変わった生まれ方の子は美しく育つと相場が決まっていそうなものなのにな……」

「いまいちだワン」

家族もいまいちな理由がわからずにいた。

「あれ、おじいさん、今、犬の千里がしゃべらなかったかしら?」

「そういえば、『いまいちだワン』とか言っていたような……」

犬がしゃべって、ひと騒動があったが、本編と何の関係もないので省略する。

「いまいちでご迷惑かけてすみません…………」

今井姫も恐縮していた。最近ではいまいち姫と呼ばれるありさまである。

＼いまいちだワン／

絵が上手だったので、世が世なら新聞社でアルバイトをすることなどもできたかもしれないが、当時はそんな職業もない。おじいさんは昔、竹を切る仕事をしていたが、今井姫は女性の中でも体力がないほうなので、肉体労働はどだい無理な話である。

となると、その当時の発想でいくと、誰かと結婚するしかないのだが、いまいちなのでいい相手に恵まれなかった。

まして、姫のほうから相手を探そうとするような積極性もなかった。

「早く出ていかんと、おじいさんとおばあさんの生活も苦しいのに……。でも、わたしはいまいちな宿命なんや。どうすることもできへんのや……」

今井姫は後ろ向きな性格なのか、よくそんな発言をしていた。おじいさんとおばあさんも、宿命はいくらなんでも言いすぎだろうと思った。

「なあに、そのうち求婚者の一人や二人、来るに違いない。もう少しだけ待っておれ」

「そうよ。モデルや女優と勝負するわけじゃないんだから」

実際、しぶとく待ってみると、ようやく求婚者が何人かやってきた。

ただ、今井姫から見ても、いまいち微妙な相手ばかりだった。

どうやら求婚するほうも、いまいちな相手なら自分とも釣り合うだろうという失礼なうえに卑屈な発想で来ているらしく、かなり問題があった。

「もうちょっと、かっこいい人はいないのかしら……」

「みんな、いまいちじゃわい。顔だけでなく、性格のほうもあまりよくない。少し今井姫にかわいそうじゃ」

「いまいちだワン」

家族の意向もあり、この申し込みは断ることになった。ただ、「あなたのことは嫌です」と断ると角《かど》が立つので、不可能なことを頼んで諦めてもらうことにした。

播磨の人には、今井姫はこのように言った。

「結婚したかったら、姫路城よりも大きなタコを釣ってきて下さい」

淡路の人には、このように言った。

「結婚したかったら、淡路島よりも大きなハモを釣ってきて下さい」

但馬の人には、このように言った。

「結婚したかったら、氷ノ山《ひょうのせん》よりも大きなコウノトリをつかまえてきて下さい」

丹波の人には、このように言った。

「結婚したかったら、イノシシより大きな黒豆を収穫して下さい」

摂津の人には、このように言った。

「結婚したかったら、甲子園球場より大きな酒樽を作って下さい」

みんな、そんなことできるわけないと言って、諦めて帰った。

できれば一人ぐらい無理をしてでも探そうとしてほしかったなと、贅沢なことを思う今井姫だった。

さて、結婚を断ってしまった結果、当たり前だがそういう話も全然来なくなってしまった。今井家はとくに裕福でもないので、経済的に苦しいものがあった。

「おじいさん、おばあさん、ご迷惑おかけしてます……」

少し今井家にも居づらくなってきた今井姫だった。

「何を言ってるの。私たちは家族よ。いくら姫がいまいちでも」

「ああ、そうじゃ。いまいちなりにお前も家族じゃ」

「いまいちだワン」

「みんな、いまいちであるところは否定せえへんねんな……」

フォローを受けつつも素直に喜べない今井姫だった。

しかし、このまま、いまいちでいるのもつらい。

「自分なりに頑張ってみよ……萌えへん運命かもしれへんけど、ちょっとだけやってみよ……」

思い切って、今井姫は策に打って出ることにした。

そしてこのような告知を町の人通りの多いところに置いた。

今井姫がいまいちいけてない（萌えていない）理由を三つ考えなさい。すらすらと思いついた人は、いまいちな人でもいけてる子に変身させる力があります。

「自分がいまいちなんやったら、そう認めたらええんや。これで関心のある人も増えるんとちゃうかな」

その試みは多少自虐的だったものの、かなり上手くいった。

全国から多数の改善案が届いたのだった。

「やっぱり、結婚とかそういう話やなかったら、みんな気楽やから、どんどん送ってくるなあ」

「すごいわ！　ぬいぐるみを送ってくれた人までいるわ！」

A
GIVE 3
REASON

「Tシャツを作ろうという話まで来ておるぞ！」

おじいさん、おばあさんもその反響にびっくりした。びっくりして、『いまいち萌えない姫』という公式同人誌まで作ったほどだ。

こうして今井家に来た使えそうな意見をもとに化粧や服などに微妙な変化を加えていったところ、今井姫は極めて萌える姫に変化した――などということは残念ながらなく、今井姫はやっぱりどこか足りなくていまいちだった。

「頑張っているのはわかるけど、いまいち結果が出ないのよね……」

「努力は認めるのじゃが、いまいち……」

「いまいちだワン」

家族もどこがいけないのかよくわからなかった。

いまいちであることをなおそうと、垂水の海《かい》神社や多聞寺《たもんじ》、転法輪寺《てんぽうりんじ》、あるいは太《たい》山寺《さんじ》や妙法寺《みょうほうじ》、須磨寺《すまでら》、石峯寺《しゃくぶじ》、鶴林寺《かくりんじ》、円教寺《えんぎょうじ》、斑鳩寺《いかるがでら》、播州清水寺《ばんしゅうきよみずでら》などにも足をのばして、いまいちがなおるように祈願などもしたが、効果がなかった。ある寺では、「いくら仏様でもできることとできないことがあります」と言われてしまった。

いまいちであることは、今井姫の中で決して塗り替えることのできない強いものとして固まっていたのだ。

一方で、今井姫自体の人気はいまいち萌えない理由を考えろといった告知のおかげか、高まってきた。遠く離れた土地まで「いまいち姫」として知られるようになったのである。

通りを歩いていても、「おお、いまいちさんじゃないですか」と声をかけられるようになり、それはそれで悪くない生活だった。

「いまいちでも楽しく生きていくことはできるんやな」

今井姫も昔と比べると明るい性格になっていった。

そう、人々は「いまいち」という新たな価値に気づいたのだった。いわば「いまいち」は「美しい」でも「美しくない」でもない、第三の価値といえた。

「美しくない」はもちろんマイナスの意味しかない。「美しい」ことで妬まれるとかそういう問題はあるかもしれないが、基本的に「美しい」にはプラスの価値があり、「美しくない」にはマイナスの価値しかない。

けれども、「いまいち」という言葉には、プラスの意味に転じる可能性が含まれていた。「美しい」にも「美しくない」にも引っ張られず、独自の価値観を「いまいち」は創出しようとしていた。みんな、上手く言葉にはできなかったが、直感的にそのことを了解してはいたのだった。

そして、ついに奇跡が起きた。

都のあるやんごとなき高貴な筋のお方が、「なぜか萌えてしまった。今井姫を嫁にもらいたい」と言ってきたのである。

「どうしましょう、おじいさん！」

「どうしようか、おばあさん！」

「ワンワンワン！」

今井家は家中、大騒ぎになった。あまりにも相手が立派すぎて、どうしていいかわからないのだった。

だが、とにかく、おめでたいことには変わりはなかった。きっと、これで姫も幸せになるだろうと誰もが思っていた。

しかし、一人だけ沈んだ顔の者がいた。

今井姫、その人である。

「おじいさん、おばあさん、それと犬の千里、実はお話があるんです」

思いつめた顔で、姫は二人と一匹のところに入ってきた。

「実は、わたしはこの世界の人間ではないんです。遠く離れた世界で罪を犯し、罰として舞子の松に赤ん坊の姿で入れられてしもたんです」

「はっはっは、姫が実は罪人だったとしても、はるか昔のこと。ずっとここに住んでいるのだから、もう元の世界のことなど気にしなくてもよいぞ」

「いえ、そういうわけにもいかへんのです。わたしはその世界に強制送還されることになってしまいました。昨日、元の世界から正式に通知が来ました」

「どうして、そんなことになるんじゃ」

おじいさんもびっくりして聞く。

「今、罪を犯したと言いましたよね。実はわたしの罪は、元の世界で、たくさんの人を萌えさせてしまった罪なんです」

「どうして、萌えさせることが罪になるのじゃ。解せん」

「ほら、傾国《けいこく》という言葉がありますよね。偉い人が夢中になって国を傾かせてしまうような美人のことです。信じてもらえへんかもしれませんが、わたしは元の世界ではとんでもない萌えキャラで、一目見ただけで老いも若きも男も女も萌えて普通ではなくなるほどやったんです。わたしのせいで何度も何度も戦争が起き、金融危機が起き、雇用の流動化が起き、異常気象が起きました」

「たぶん、それ、姫のせいじゃないことまで、罪にされておる」

やっぱり、おじいさんは冷静だった。

「なすりつけられた罪もあるかもしれませんが、萌えキャラとして混乱を招いたのは事実です。その罰で、この世界に決して萌えない姿で転生させられてしもたんです」

「それがどうして罰になるのじゃ？」

「ずっと人を萌えさせて苦しめたのだから、まったく誰も萌えさせることができないいまいちな姿で苦しんで一生を過ごせという罰なんやと思います」

「なるほど。姫がどうあがいてもいまいちで、ぱっとしないのも前世からの宿命のせいじゃったというわけか。そういえば、宿命だなどと言っておったな」

「はい、黙っててすみません……」

「その点では、得心がいった。あくまでも、その点ではな」

腑に落ちないという表情でおじいさんが続けた。

「でも、それなら、どうしてこんな中途半端な時期に強制送還されることになったのじゃ？　重罪な割には、刑期としていささか短い気がするのじゃが」

「はい。どうせ萌えへんと思いつつも、わたしもいろいろと試してみたんですけど、そこでとんでもないことが起きてしもてるようなんです」

「とんでもないこと？」

「決して萌えることのないはずのわたしに萌えはじめてる人がいるみたいなんです！」

「なんと！」

「あの例の告知のあと、いろんな絵師の人が『こうすれば萌える！』といって、絵を描いてくれたりしました。わたしの格好をして踊ってみたりする人もいました。わたしの本を作って売りだす人や、曲を作ってくれる人までいました。そういう、たくさんの人たちの努力によって、萌えないはずのわたしも影響を受けたんか、ちょっとずつ萌えるようになってきてしもたんです」

「それはおかしいわ。信じられない」陽子おばあさんがツッコミを入れた。「まだ、あなたは萌えるというほどではないわ。私もおじいさんもまだまだいまいちっぽさがぬけてないと思ってるし、それがあなたのいいところのはずよ」

「ワシもそう思うぞ。いまいちだからこそ姫なのじゃ」

おじいさんもそれに同意する。

「二人の言うこともわかります。あくまでも、萌えてるのはまだ一部の人だけなんです。でも、これが続くともっとたくさんの人が萌えていく危険があります。そして、ついに偉い人から結婚申し込みまで来てしまいました。もし、偉い人の奥さんの立場で周りの人がみんな萌えたらどうなります？　政治が混乱して、また元の世界でやったような罪を犯してしまうかもしれません」

おばあさんもおじいさんも何も言うことができなかった。

たしかに、高貴な方は、「なぜか萌えてしまった」と言っていた。しかも、不思議なことに、なぜかわからないのだ。

「わたしも悲しいけど、どうすることもできません……。所詮、わたしは犯罪者ですから……」

姫もさめざめと泣いた。泣くことぐらいしか、姫にできることはなかった。

萌えるはずのない自分に萌えてくれる人が出はじめた、それは本当にうれしいことなのに、決して許されることではないのだ。

　いまいち姫は萌えないからいまいち姫なのであり、萌えてしまえばいまいち姫ではないのだ。ただの萌える姫である。

「長い間、お世話になりました。お礼と言ってはなんですけど、この不老長寿の薬をお渡しします」

　姫は粉薬の袋を差し出した。袋には「イマイチナール」と書いてあった。

「この薬を飲むと、いまいち萌えない人間になってしまい、その代わり、長く生きることができるんです」

「どうして、いまいちになると長生きするのじゃ？」

「萌えるものも時代の流れとともに、萌えないものになります。美しいものや萌えるものは所詮ははかないものなんです。でも、いまいちなものは、いつまでもいまいちという中途半端なところに宙ぶらりんになってるから滅びることもないんです」

「そうか。姫の心遣いはうれしいが、そんなものはいらぬ」

　おじいさんもおばあさんも、薬を受け取りはしなかった。

「こんなことなら、もっと、もっといまいちにしておくんじゃった……。萌えキャラとはとても呼べないところで我慢させておくんじゃった……。いまいちブームを起こしたワシらの失敗じゃ……」

「そうね、いまいちな子を内輪で楽しんでおけばよかったんだわ……。そうすれば娘を失うこともなかったのに……」

「ワンワンワン!」

おじいさんもおばあさんも姫と一緒に泣いた。ついでに犬も鳴いた。

その日、今井家から泣き声がとぎれることはなかったという。


三日後、元の世界の兵士たちがある意味萌えなくもない程度にまでなった今井姫を連れていった。高貴な人から遣わされた軍隊もなすすべがなかった。こうして、今井姫は帰っていった。

いまいちなものがいまいちでなくなった時、失われてしまうものがある。

そう、いまいちであるという属性だ。

そして、いまいちであるという属性があるからこそ生きていけるものにとって、それは我が身を滅ぼすことにすらなるのである。

いまいち萌えない娘の……覚悟

今日こそはびしっと決めるで！

開場の五分前、わたしはブースの前で気合を入れなおす。

近ごろ、イベントに参加することも多くなってきたんやけど、あまりうまくいったためしがない。だいたい、何か忘れ物をしたとか、何か紛失したとか、ばたばたとしている間にイベントが終わってまう。一応は看板娘のはずやのに、人手不足で搬入の手伝いに駆り出されたりして、ほとんど持ち場におらんかったこともあったなあ……。

幸い、苦情のようなものはないし、それなりに評価は得てるらしいけど。

たとえば、ネットに書かれてたんはこんな評価らしい。

——いまいちさんマジいまいち。だが、そこがいい。

——萌えないことで萌えさせようとしてくる。策士すぎる。

——あの青さを生で体感できてよかった。

——あのいまいちさは彼女にしか出せない。あれがプロか。

これって褒められてるうちに入るんよな……？　たぶん、大丈夫や。

でも、それに甘えててもあかんやろっていう気もする。

合格点になってるんは、どうせ、いまいちやからってことで期待が高くないだけや。

つまり、お情けで許されてるだけなんや。

もう、いいかげん見苦しい真似はやめにして、どこから見ても合格点がもらえるようにしとかんと、わたしも恥ずかしい。

せやから、わたしは気合をいれる意味で、頭をぽんぽんと叩く。

立派ないまいち萌えない娘になるんや！

だらん。

すると、急に青い髪が垂れ下がってきた。さほど気にならんかった髪が質量を持ったもののように感じられる。

「いまいちちゃん、髪留めのゴムが切れちゃったよ」

後ろから滝野さんに言われた。うわ！　こんなことあるんや！

「はあ、イベントがはじまる前から幸先が悪いですね……」

「ちょっと縁起悪いよね。だけど、はじまる前でよかったんじゃないか」

そう、そう。プラス思考で考えんと、こういうのはあかんねんで。ダメなほうに考えると、さらに悪化していくようにできてるねん。新しいゴムで留めたらそれでええだけや。気にせんといこ！

「滝野さん、予備のゴム、どこにあるんですか？」

「俺は持ってきてないけど」

「あぁっ！　予備なんて用意してなかった！」

あかんわ、リボンでももらって留めんとあかん。このままやと髪型が違う別キャラになってまうやん！　ツインテールでないと何のキャラかわからんやん！　何のキャラかわからんかったら、コスプレにならへんやん！　何のキャラかわからんコスプレほど恥ずかしいことはそうそうないやん！

「滝野さん、リボンってありますか……？」

「リボン？　何に使うの？」

「ツインテールじゃなくなってもたから代用で……」

おそるおそる頭に指を差した。

「ぷっ」

「滝野さん、今笑った！　ひどっ！」

「ごめん、ごめん。片方だけツインテールなのも新しいかもね」

「全然ツインと違いますよ！　これじゃ新キャラみたいやないですか！」

「とにかくリボンもこっちにはないな。本部にならあるかも」

開場まで残り時間は三分もない。わたしは走る。

あわてて走ったら、今度は何かに足が引っかかった。左足が隣のブースの等身大ＰＯＰにぶつかった。

思いっきりこけたところにＰＯＰがドミノのごとく倒れてきて、直撃……。

あかんわ、こんなハイペースで不幸が来たらプラス思考になることもできへん……。

いや、不幸のせいにしたらあかんな。これは焦った自分のせいやな……。それにまずはお隣さんに謝罪やな……。

「すみません、すみません……本当にすみません……」

隣のブースの人に謝って、また本部に走る。よりにもよって、ずいぶん離れてるところにあるなあ。この靴も走りにくいのに……。

と、スタッフの腕章をつけてる人に止められた。

「会場内は走っちゃダメです！　もうすぐ入場もはじまるんですから」

「あうあぁ……すみません、すみません！」

また、頭を下げるわたし。早くも全力で空回りしとる……。

本部が遠いわ……。とぼとぼと歩いてると、お客さんが入ってきた。

まさか、スタートの時から持ち場におらんなんてことになるとは……。

「あれ、いまいちさん、今日は髪型違うんですね」

お客さんに質問された。

「今日はちょっとだけイメチェンです」

そうとでも答えるしかない。トラブルで髪型が変わっていますって言うのもなんやし。

「でも、さらにいまいちになってますよ」

「うわ！　やっぱり！　わかってたけど！」

「けど、変な髪型のいまいち具合がまたいいですね」

「はっきりと、変な髪型って言われた！」

それは褒めてるの……？　どうなん……？

ネットとかで「いまいちさんはいまいちやった」って書かれてるのを見るとたぶん褒められてるんやろなあってわかるんやけど、面と向かって言われると、これはこたえる……。

それでも、なんとか本部まで来れたわ。遠かった……。まだ帰りもあるんやけど……。今さらやけど、即売会の会場ってほんまに大きいなあ……。大阪の会場でこれやったら、コミケなんて無茶苦茶大変なんやろな……。

「あのぅ……リボンってありませんかね……？　髪が……」

「待ってて下さい。探してきます」

しばらくして、受付の人が持ってきたんは、ぶっとい輪ゴムやった。

「これぐらいしかないんですけど、いいですか？」

「………………それでいいです」

もう、やけくそやわ！　知らんわ！　わたしがいまいちや！　これで仕事する！

二時間後、その輪ゴムが外れてた。

えっ、あんな輪ゴム、切れへんやろ？　ああ、輪ゴムが大きすぎて、しっかり締まってなかったんかな。

「…………………滝野さん、ぶっとい輪ゴムあります？」

「ない」

「………………本部行ってきます」

歩いてる途中、案の定、「まさかのイメチェン！」とか「新キャラ登場した！」とか言われた。

あとはその日一日、引きつった笑みで仕事してた。来てくれた人、ごめん。でも、これは笑えへんレベルやわ……。意気ごみ大失敗。

イベント終わってから打ち上げやるんやけど、さすがに怒られるやろな、今日は。むしろ、反省会をやってほしい。反省させてほしい……。初めてのイベントでもないのに、これやもんなあ……。陽子さん、可音ちゃん、千里ちゃんみたいなプロに追いつけるとは思わんけど、もう少しやりようはないんか。

うん、わたし、反省するから、みんな、打ち上げでは忌憚《きたん》のないご意見をお願いします！

——でも、そうは問屋が卸さんかった。

「『かんぱ～い！』」

乾杯の音頭とともになだれこむ打ち上げ。一杯目のビールが瞬く間に消えていってから、イベントの話が盛り上がる。そりゃ、今せずにいつするんやって話や。運動会終わったあとに修学旅行の話題になることはないやろ。

「いや～、いまいちちゃん、今日もなかなかのいまいちっぷりだったね～」

ほら、来た。怒られるわ。このまま、反省会に突入するんや……。なにせ、今日は自分のところだけやなく、ほかの企業さんにも迷惑かけたわけやし……。

「す、すみませ――」

「この、いまいち感がいまいちちゃんだよね！」

滝野さんが楽しそうに言う。

「お客さんも笑ってたわよ～。ある意味、設定に忠実だって」

津名さんも怒らへん。

「くくく……これが本家の実力ってことだね」

柏原さんも肯定してくれてるらしい。

「まあ、とくに問題もないいな」

生田部長も不満はないみたいや。

あれ、あれれ……怒られる雰囲気とは違う……。

「あの、今日はいつもに輪をかけて問題起こしてほんとごめんなさ——」

「いいって、いいって。過ぎたことなんだから」

「そんなに気にしないでいいわよ。どうせ、いまいっちゃんはいまいちなキャラなんだし」

「くくく……そういう設定だからいいんだよ。その設定で天下をとればさ」

みんな、わたしのことをフォローしてくれる。

お酒が入って気分がいいだけやないよね。これは愛といえば愛なんや。それはもちろんうれしい。

でも、その時、なんか引っかかるところがあった。

ただ、それが何かようわからんから、あいまいに笑みを浮かべておつまみを食べて、人の話を聞いてた。わたしはガチガチのオタクやないから、即売会についての具体的な話はようわからん。

そのせいか、ちょっとばかしアウェーな感じになってしまう。

それに、さっきの違和感がずっと胸にくすぶるのを忘れることができんかった。

なんやろう、傷ついてるんか、わたし？

でも怒られたわけやないし、なんなんやろう。むしろ許されてんのに。

打ち上げの開始が早いせいか、八時に一次会は終了した。打ち上げ場所が大阪の会場近くということもあって、このまま神戸のほうにだらだら帰る流れになった。

「今日も、いまいちちゃんはいまいちだったな」

話が何巡かして、わたしの話題になったらしかった。今度こそ反省会の空気にならへんかな。早く頭を下げさせてもらえたほうがありがたいわ。罪悪感が残ってまう。

せやのに、わたしの期待は変なほうに裏切られる。

「この、いまいちっぷりをこれからも発揮していってほしいね。そうすれば、キャラもどんどん立つよ。くくく……」

「うん、なにせいまいちなんだからね～」

あっ、またもや、この流れや。

「次は淡路特産の吹き戻しを持ってもらいましょう。あれって、設定としていまいち定着してないじゃないですか」

「ヲタくん、今、無意識のうちにいまいちって言ったね」

「あっ、ほんとだ、今の『いまいち』は、悪い意味での『いまいち』です」

ほんとにアットホームな空気で、それになじめたらきっと楽しいんやと思う。でも、違和感のほうがなくなってくれへん。

「いまいちちゃん、これからもいまいちなままで頑張ってくれよ」

「もう、いまいちやからええって言わんといて下さい！」

気づいたら叫んでしまってた。

心の片隅で、これはあかんという気持ちもあったけれど、もう止まらんかった。わたし、けっこう気が短いんか。短いわけやないと思うけど、爆発したらストップさせるタイミングがわからへん。

「どうして、怒ってるの？　みんな、いまいっちゃんに悪いこと言ったつもりはないんだけど……」

津名さんもおろおろしてる。逆鱗に触れた理由がわからん、そんな顔をしてる。わたしもこんなに爆発する理由がよくわかってないから当然やろな。

「ごめんなさい、悪いのはわたしなんです。今日もばたついてばっかりで迷惑ばっかりかけて……。やから、ちゃんとダメ出ししてほしいんです。わたし自身は萌えるキャラをめざして頑張ってるんです！　いまいちであることを評価する前に、ダメ出しして下さい！」

言うまでもなく、気まずい空気やった。これで気まずくならんわけがない。でも、覆水《ふくすい》は盆になんとやらで、今のがナシにできるわけないし……。

「きょ、今日はこれで失礼しますっ！」

わたしは走って駅のほうに向かった。一本早い電車に乗ったら顔を合わさんでええと思ったし。一度、一人になれば頭を冷やせるかもしれへん。このままケンカみたいになったらまずい。

コスモスクエアまで出て大阪の地下鉄中央線で九条まで出て、すぐに来た阪神の普通尼崎《あまがさき》行きに乗った。これで、今日はみんなと顔を合わせることはないはずや。尼崎でまたすぐに姫路行きの直通特急が連絡してた。あとは元町まで二十五分か。

阪神なんば線ができてから、大阪の南港に出るんはずいぶん楽になった。わたしはそんなに行くこともないけど、今日みたいにインテックス大阪でやってるイベントに行く人にとっては大きいらしい。でも、早く着くんは今の自分にはあんまりうれしくない。

ずっと沈んでたせいか、車内って意外と楽しそうに笑ってる人おるねんなということに気づいた。笑う門には福来るって言うけど、あれはほんまなんかもしれん。

少なくとも、わたしのところには福は来んはずや。自分が福の神やったら怒ってる人のところは避ける。巻き添え食ったら嫌やんか。本当にいい人やったら「そんなに、かっかしたらあかんよ」と言うかもしれんけど、危なっかしいから無視してまうんが普通やろなあ。

車内では誰もわたしに目を向けんのが気楽でよかった。コスプレしてないから、当然か。いまいちぱっとせん今井って人間がここにおるだけや。

電車の揺れるリズムがちょうどよくて、それは通勤で使ってるJRとはまた違っていて、考え事をするのにちょうどよかった。

世の中、いまいちぱっとせん人間に注目する人なんておらん。いまいちぱっとせんことは注目されんことの要素であって、その逆はありえへん。

でも、それって現実やなくて、たとえば、二次元の萌えキャラの世界やったら、どうなんやろう。いや、コスプレは二次元やないかもしれんけど……。

大前提として、二次元のキャラは理想化して描かれてる。醜いものをわざわざ作る意味がないから、それは当然や。

そうやとしたら、本来、そこにいまいちなものなんて存在せんことになる。

もちろん萌えキャラの数はほとんど無限といっていいぐらいにおるから、その中で人気と不人気はある。いまいちぱっとせんキャラもおるやろう。でも、原則からいえば、それもいまいちではないことになってるはずや。

そのなかで、自分だけが、原則を破壊してるんとちゃうやろか。そう考えると、いまいち萌えない娘ってすごいことをしてるんかもしれんな。

一方で、それは「いまいち萌えない娘」というキャラやからありうることなんや。現実の今井であるわたしが、いまいちな人間でしかないとしても、それは認められることとは違う。

結局、今日のわたしが知ったことは、わたしが何をしようと「いまいち萌えない娘」というキャラは一歩たりとも揺らいだりせんということやった。コスプレをして、いまいちなことを続ければええ。いまいちを演じたらええんやろ。

阪神の元町駅を降りたら、地下のせいか、少しひやっとした空気が頬に当たった。

頭は熱うなったら冷やすしかない。ホームの椅子に座って、深呼吸をした。

それから結論を出した。

みんなの言うてることは別に間違ってなんかない。

いまいち萌えない娘ってキャラはいまいちでないとあかんのや。それはそういう設定なんや。そこを勝手に改変したら、これはもう別のキャラになってまう。それが嫌やったら、もうあんな青い服着んかったらええ。プロの根性としてわたしのやってたことは問題やった。

よし、次、出社した時に謝ろう……。

というか、自分が正しいと思ってたとしても、いきなり怒鳴ったりするんはあかんことやし、キャラとも違うし。

「うん！　いこ」

また、頭を軽く叩いて、椅子から立ち上がった。

東口の改札を抜けて、地上に出る。もう、すぐそばがＪＲの元町駅や。走ったら、ちょうど快速に乗れた。

ほら、運は向いてきた。そのはずや。

「あの時はすみませんでした。わたし、キャラ作りを勘違いしてました。いまいち萌えない娘ってキャラをしっかり演じられるように頑張ります……」

「うん、それでいい。今後とも頑張ってくれ」

謝ったら生田部長にあっさり許してもらえた。

「もう、気にしなくていいよ。ああいう発言が出たのも真面目さのあらわれなわけだしさ」

「そうよね、いまいっちゃんの苦しみはいまいっちゃんにしかわからないわよね」

やっぱり新聞社のみんなはいい人や。最初からためこむ必要なんてなかったんや。

納得できんことがあるなら、言うたらよかった。でも、これも含めて自分はいまいちなんかもしれん。対人関係もぱっとせん。

こんなんで人気が出るわけないと思ったけど、そういえば、ツンデレとかだって実在したらかなり面倒くさいぞって話を聞いたことがある。距離をとったら、こんなわたしみたいなんでも認められんことはないんかもしれん。もちろん、二次元の補正みたいなもんはいるやろうけどな。

ある意味、名誉というか信用を回復する機会はいくらでもあった。

イベントっていうのは、けっこう年中ある。また、よそに行って、いまいち萌えない娘にならんとあかん。そこで、しっかり、いまいちっぷりを全身全霊でアピールしたるんや。

わたしはいまいちであることを伝えるべく、それなりに頑張った。

ダメダメな感じを演出して、キャラのイメージを守ろうとした。ほんとにいまいちなんやって思ってもらえるように。

表情もできるかぎり、自信なさそうに、おどおどしたものになるよう気をつけた。

手も胸の前で合わせるようにして、どうしていいかわからんような感じにする。いまいち度はかなり高くなったんとちゃうかな。

これまで無意識やったところを意識的にしたんやから、いまいち度はレベルアップしてるはずや！

きっと、いい感じになってるはず。久しぶりにネットの感想を調べてみた。

——いまいちはダメだった。

——正直、客を舐めてる。

——ゴミ。

——なんだか、たんなる勘違いしちゃった業者のキャラって感じだな。もしかして、これも含めていまいちなのか？

——あれが素人の限界なのかな。新しいものが出てくるかと思ったけど、幻想だったわ。


えらいことになっとった。

明らかに全否定されてる……。

これまでも、「いまいちにいまいちって言っても、褒め言葉みたいなもんだ」って意見は聞いたことがあるけど、そういう次元とは違う。諦められてる感じすらする……。

どこをどう間違ったたん……？　いまいち萌えない娘を演じることに全力で挑んだはずやのに、この空回りはどういうことなん……？

もしかして、ファンの人が考えてるいまいち萌えない娘とわたしの考えるいまいち萌えない娘に溝があるんやろか。それも、かなりかな〜り深い溝が。

「参ってるみたいだね」

職場で、滝野さんが話しかけてきた。それぐらい悩んでるのが見えてたらしい。みんなもいまいちの評判は確認してるやろうから、迷走ぶりは把握されてるはずや。

「あの、わたしの最近の仕事って、そんなまずいですか……？」

この言葉の裏にはどこがどうまずいかわからんという意味が隠されてる。

滝野さんは少し言いよどんでいたようやけど、こう言った。

「うん、ダメだね。ダメダメ」

「ああ〜、もう終わりやわ……」

ちょっと立ちくらみしたわ。あかん……。

「やっぱり、素人のコスプレなんて見るに耐えんってことなんでしょうか……？　もっとかわいくて、かつオタクの人でないとあかんのでしょうか……？」

「いや、そんなことはないと思うけどね」

そこに今度は生田部長が来た。

「ああ、いまいち萌えない娘の評判のことか」

「はい……絶望的です……」

「うむ。もう、いまいち萌えない娘は終わりかもしれない。このままだと、撤退したほうが正しいだろう。飽きられているとかそれ以前の問題で、いまいち萌えない娘というキャラは認められてない」

　この言葉は本当に重くて、わたしはがっくりうなだれてしもた。米俵でも背中に載せられたみたいや。

　泣きたいけど、こういう時に限って涙なんて出えへん。泣いて許されるものでもないけど……。

「だが、これはこれでよかったのかもしれん。そもそも、いまいち萌えない娘というのは、偶発的に生まれてしまったキャラ、はっきり言って事故みたいなものだ。それがいつのまにか消えたとしても、変なことではない。むしろ、思ったより健闘したと言ってもいいだろう。そもそも、うちはキャラクタービジネスでお金を稼ぐ会社ではない。これが自然だ。餅は餅屋ということなのかもな」

「でも、せっかくここまで来たのに。もったいないですよ」

滝野さんが納得できないという顔になる。

その気持ちももちろんわかる。もう、いまいち萌えない娘はわたしだけの問題やない。壮大なプロジェクトとまでは言えんけど、個人の規模は超えてしまっている話や。

「いまもえが生まれたのは、たしかに偶然です。でも、偶然だからこそ、しっかり育ててやりたいんです」

「何事にも旬というものがある。育ちすぎて腐ったのかもしれん」

今日の生田部長の言葉は強く、厳しかった。

「いまいち萌えない娘が生きてこられたのは、その存在を望まれたからだ。望まれていないのであれば続けるのも変な話だろう。彼女が会社の収益源になっているというならともかく、所詮はちょっと変わった企画にすぎん」

「でも、まだ注目してくれている人がいる——」

「こんな調子ではそのうち、そんな人たちも離れていく」

そのとおりやった。

今みたいな状態やったら、そのうち誰も残らんようになる。

もう、消えたほうがええんかな……。

「あの、いったい何があかんのでしょうか……？」とわたしは尋ねる。誰でもいいから教えてほしかった。

答えは返ってけえへん。わからんのや。何があかんのか、みんなわからんのや。それじゃ、もう解決も不可能かもしれへん。

やめよかな。やめて楽になろかな。

でも、その時、ふっと、頭にこんなイメージが浮かんできた。

それは泣いてるいまいち萌えない娘やった。

ギャグみたいな感じではなく、普通にしんみりした感じで悲しそうに泣いとった。

どうしたらええん？　どういうふうに生きたらええん？　誰か助けて、誰か教えて。

このまま見捨てるんはやめてって訴えてる。

これはわたし――――やない。

これはわたし――――とは違う。

これは、あくまでも、いまいち萌えない娘っていう一つの人格や。

そうや、「いまいち萌えない娘」はわたしそのものとは違う。あくまでみんなが生み出した共同幻想みたいなもんや。だから、わたしがわたしと別人の「いまいち萌えない娘」を感じたとしても、ありえへんことやない。

そんなみんなのものを誰か一人の事情で壊すわけにはいかへん。

このままわたしが諦めたら、この子は消えてしまう。それは人殺しみたいなもんや。

イメージの中の青すぎる子に、わたしは手を差し伸べる。それで何ができるわけでも、何が変わるわけでもない。わたしには慰めの言葉をかけることも、答えを教えることもできへん。それでも、手を差し伸べることだけはできた。

青い子がわたしの手を取った。

もっと、いいところにわたしが連れていくから。頼りないかもしれんけど、信じて。

「あの、もう少しだけチャンスを下さい」

わたしはゆっくりと手を挙げる。

「ここで終わったら、いまいち萌えない娘にとってかわいそうですから」

「だが、次のイベントは思っている以上につらいぞ。これまでと比べ物にならないぐらい体力を使う。しかも今までのものと雰囲気もかなり違う。はっきり言って、ここでドロップアウトしたほうが楽だ」

「そしたら、せめて、もう一回やらせて下さい！」

「ただし、やるからには最後までやりぬいてもらうぞ。今井君、君にその覚悟はあるか?」

「やります。棄権なんてしません」

「わかった。君の気持ちにこたえよう」生田部長は、大きくうなずいてくれた。「では、しっかりと登山を満喫してくれ」

「へ?」

登山って言わんかった、今?

「その格好だと登りづらいかもしれん。靴は歩きやすいものにしておけよ。ロックガーデンは鎖場もあるようなところだからな。服は多少汚れてもかまわん」

「あの、すみません……登山ってどういうことでしょうか?」

「スケジュールを確認してなかったのか? 次のイベントはいまいち萌えない娘が六甲山頂をめざして歩くという企画だ。ああ、疲れたら有馬温泉で一泊して、翌日は休んでもいいぞ。宿泊費は出さんがな」

そんなアウトドア派な企画があるわけが……と思ったら、ほんまにそう書いてあった。

「待って下さい！　こんなん、いまもえに関係ないやないですか！」

「そんなことはない。ご当地キャラとしてなるべく積極的に兵庫県のイベントに参加するという趣旨だ。もし、起死回生が図れれば、こういう仕事の数も増えてくるだろう」

あっさりと生田部長はのたまう。

「今さら、断るというのは認めんぞ」

えらいこっちゃ……。

阪急芦屋川《あしやがわ》駅。

その駅前にいまいち萌えない娘のわたしが立ってる。

はっきり言って浮いてるわ。むしろ、浮かへん駅なんてあるんやろか。

ああ、「芦屋四姉妹」の格好やったら……それでも無理やろな。芦屋四姉妹って和服やもんなあ……。

今日のイベントは題して「いまいち登らない山に登ろう～いまいち萌えない娘と行く六甲山縦走～」。六甲山の山頂まで登って、有馬温泉のほうに下っていくという、六甲山の登山ルートの中でもかなりメジャーなやつをこの格好で歩くらしい。

ただ、わたしは歩き慣れてる人間やないから、この道を歩いた経験はない。須磨浦公園の駅から、鉢伏山《はちぶせやま》に登って須磨アルプスっていう岩肌の露出したところを通って、妙法寺《みょうほうじ》の駅に出たことはあるけど、それぐらいかなあ……。あれもくたくたで、須磨アルプスの、岩が風化してるところで半泣きになってたもんなあ……。

それにしても、暑いわ。

夏のはじめでもとくに暑い日で、最高気温は三十三度。出発前からうっすら汗ばんでるんやけど……。

本当に芦屋のほうから歩いて、有馬温泉なんか行けるのかと思ってまうけど、頂上まで上がってしまえば、有馬温泉は思った以上に近いらしい。問題は六甲山の頂上まで持つかどうかやな……。

「いまいちちゃん、大丈夫？　スタート前から聞くのも変かもしれないけど」

滝野さんが聞いてくる。このイベントには、滝野さんも同行してくれるんや。大丈夫なんかなあ。大丈夫やといいなあ。

「まあ、やれるとこまでやります。リタイアはダメやって部長も言ってましたし……」

「でも、いまいちちゃんの健康が一番だからね。無理なら言ってくれ。正直な話、俺は部長を止めたんだ」

「えっ？　止めたってどういうことですか？」

「いくらなんでも、いまもえの趣旨と登山は関係ないだろう、地域振興にしても無理があるって。しかも、その格好だろ」

「もしかして、この企画、部長の思いつきなんですか……？」

「そんなことを言ってたら、最初から最後まで思いつきだけどね」

あかん、スタートする前からブルーやわ……。

いや、最初から全身ブルーやけど、気持ちのほうも……。

「ただね、生田部長は、こういう体を動かすことなら、いまいちちゃんが忘れていたものを思い出せるんじゃないかって言うんだよ」

「忘れとったもの……？」

「わからないよ。生田部長、気まぐれだし。世代的にも努力論とか根性論を信じてるだろうし」

そんな感じで、不安を残しつつ、出発することになった。

こんな時だけ予想通りなんが癪やけど、すぐに汗だくになってきた。山道に入る前から百五十円のペットボトルが空になってもた。

「いまいちちゃん、運動って得意だった？　あんまりそんなふうに見えないけど」

「無茶苦茶、苦手です……」

「だよねえ」

「わたしのおった高校、体育の授業の時に必ずグラウンドを六周するんですけど、だいたい後ろから何番目って感じやったと思います……」

あのころは地獄やったなあ。週に三回も体育あるんを恨んだわ。しかも、それで体力がついたかというと、そんなこともないんやし。

山に入って十分後、足がふらついてきた。そもそも、こんな格好で山に登るなんて無理がある。

もう、ほんまボロボロもええとこやった。体がついていかへん。こんな動きづらい服で、何かのトレーニングかってぐらいや。参加者の人はぐいぐい先に先に行ってま

う。元から前にいる人はええけど、わたしの後ろの人は大変や。簡単に追い抜いていけるような道やないから、どんどん詰まっていく。迷惑はかけたくないけど、よけられるところもなかなかないしなあ。

ペースは遅いどころか、途中棄権のレベルやった。還暦を迎えてるような人が元気に歩いてるのに、情けないわ……。

三十分も山道を歩いたら、完全に足が止まってしもた。山肌を背にして、ため息をつく。

「もう、諦めよかな……」

誰にも聞こえんような声でそうつぶやいてもた。

声に出るぐらい弱ってるらしい。

これからも、いまいち萌えない娘を続けていけば、こういういろんなイベントに参加していく機会も出てくるやろ。自分はアニメのキャラとかやないから、兵庫県のいろんなところに出張することもあるやろ。それを続けていくことなんてできるやろか。

どうすれば、人気を出せるかもわからんままでやれるやろか。

今、日本国内にどれぐらいキャラクターがおるんやろう。無数と言っていいような数ちゃうんかな。ゆるキャラみたいなんだけでも、ありとあらゆる市町村にいるんと違うかな。

そのうち、どれだけがまともに生き残っていくことができるんか。一割も無理やろなあ。その九割のほうに自分もなると思ったら気が楽になってくるかも……。

それに、いまいち萌えない娘なんやし、わたしはいまいちなんやし、このあたりでくたびれはてて、ちょうどええんとちゃうかな。キャラとしては正しいんとちゃうかな。

コスプレだけやったらほかの人でもできるし、いまもえがみんなのものなら、みんなが生かしてくれればええんやし……。

と、滝野さんが振り返ってこちらを見てた。

苦笑いを浮かべてるんがわかった。

この顔、こっちを心配してるというよりは、なんやろ、同情やろか。

しゃれにならへんぐらい暑いのに寒気がした。


あっ、わたし、今、すごく醜い顔してるんとちゃうか？

もちろん、鏡を見てみんと確かなことはわからへん。でも、たぶんはずれてへん。だって、この程度でええやろっていう、この妥協の発想、ここ最近もずっと持ってたから。

こういう感じにしたら、いまいちになるんやろってわかったつもりになって演じてた。いまいちになることを狙ってた。それが仕事なんやと思いこんで。

もしかして、わたし、大きすぎる間違いをしでかしてたんとちゃうか……？

計算したいまいちな行動なんて誰も求めてなかったんや。そりゃ、そうや。わたしも逆の立場やったら、そんなん、評価するわけない。それ、能力ない人間が弱音を吐いてるだけやん。全然褒められたものやない。

あざとさ。

キャラが一番背負ったらあかん危険なものにわたしは接近してたんや。

しかも、いまいちなように演技するという、ひときわ悪い形で。

そしたら、わたしが怒る前の自分はどうして悪く言われんかったんやろか？

暑いけれど、思ったより頭はクリアに動いてくれてる。足が動いてないから、頭のほうに力が割けるんやろか。

違いはまだはっきりとはわからんけど、動くことが正しいことやっていうんは、なんとなくわかる。

よろよろ立ち上がって、わたしは山歩きを続行する。止まるわけにはいかへん。

「おっ、いまいちちゃん、復活？」

「そうです。まだ歩けますから」

ただ、五分後にこけてもたけど。足が上がらんようになってるねん。まだ、歳やと言われるには早いのに……。

「やっぱり、いまいちだ」

「でも、頑張ります」

滝野さんは笑った。含むところが何もない笑いや。わたしも笑う。少し気持ちが軽くなる。笑う門には福来るってやつやろな。

このままゴールするまで笑えてたらええんやけどなあ。そこまで人生甘くないやろし、まあ、その時はまた笑えるように努力しよ。

三十分ぐらい平均タイムより遅れて山頂まで来た。きっと、汗でメイクとかも無茶苦茶やろなあ……覚悟はしてたけど。

「おめでとう、いまいちちゃん」

滝野さんも声をかけてくれた。少なくとも、ここに自分を応援してくれる人が一人はいることがうれしい。

「ありがとうございます……。でも、まだ終わりやないですけどね……」

「ここまで来たら、あとは下るだけだ。大丈夫」

「そうですね、転げ落ちんように気をつけます……」

「いまいちちゃん、楽しそうだね」

「えっ……？」

必死なだけで楽しいとか面白くないとか、そんなこと考える暇もなかったけど。

もしかしたら、こういう必死なことが楽しいことなんかもしれへん。

「これまで、いまいちちゃん、落ちこんでたみたいだけど、吹っ切れた感じがする。正直ほっとしてる」

「ありがとうございます……」

「俺もいまもえ誕生に一枚噛んでるからね」

「あっ……そうですね、みんなだっていまもえに真剣になってるんですよね」

いまもえのことを考えてるのはわたしだけとは違う。

もう少しだけ、頑張ろう。

登りがこんなんやから、下りも本当に悲惨で、歩き慣れてる人から見たら、ひどいものやったと思う。下りも、けっこう一般の登山客にも抜かれていくけど。ただ「頑張れ」とか「負けるな」とか応援をもらえるようになってきた。

「残り一キロを切ったよ、いまいちちゃん」

滝野さんがそう言った気がするけど、あんまり覚えてない。足を動かすことだけに全神経を注がんと立ち止まってしまいそうや。この衣装、汗とほこりと土だらけでもうぐちゃぐちゃのくたくたやし。捨ててまいたいなあ……。髪が重いと思ったら、またゴム切れてるんか、どっかいったんか。ツインテール壊れてるやん。

これやと、いまいち萌えない娘じゃなくなるんかな。でも、なんか問題ないような気もする。だってわたしがいまいち萌えない娘やろ？　みんなの中にいまいち萌えない娘があるとしても、わたしはわたしでいまいち萌えない娘なんや。そやから、もうちょっとだけ戦ってみるんや。

あっ、あっ、あっ！　わかった。

また、いろんなことがわかった。

そうか、そうか、そういうことなんや！

また、足が軽くなった。このままいける。いくで！

そして、ゴール地点では、参加者の人らが待ってくれてた。

「「「いまいち！　いまいち！　いまいち！」」」

まさかのいまいちコールやった。

「滝野さん、これ、企画のうちなんですか？」

「こんなことまで企画しないよ。有志の人たちだ」

「まだ、ファンの人、おってくれたんや」

それとゴールには、もう一人、大事な仲間が見えた。

前は泣いていた「いまいち萌えない娘」のイメージや。

今度は笑って、待ってくれてる。早くこっちに来いって言ってくれてる。なんやろ、認めてくれたんか？

これからも頑張ろな。

そう心の中でつぶやいて、わたしはゴールした。

有馬温泉のほうに出てきたら、沿道に地元の人がジュースを用意してくれてた。なんか、怖いぐらいにうれしかった。

オレンジジュースをものすごい勢いで飲み干しながら、ちょっとわたしは泣いてた。

これは汗やなくて、涙のほうやで。

「人気が戻ってくるきっかけになるかもしれんな。参加者の評判は上々だ」

次の出勤日、生田部長が、表情を変えずに言った。

「はい、わたしも楽しくやれました」

珍しく自信を持って、わたしも答える。

「つまり、何かつかんだということか」

「はい、わたしなりにですけど。いまいち萌えない娘のどこが認められてたかわかったんです」

「ほう、具体的にはどういうところだ？」

生田部長は淡々としてるようやけど、少し笑ってるみたいやな。最近、表情の違いがわかるようになってきた。

「いまいち萌えない娘のどこが好かれてるかって言ったら、それはいまいちなところそのものやなくて――いまいちなりに努力してるところなんかなって」

世の中に努力賞なんてものはない。

結果がすべて。

そう言う人は多いし、それは間違ってはない。努力だけでは乗り越えられへんことが世の中にはいくつもいくつもある。むしろ、大半がそういうことかもしれへん。

でも、努力してる人間を応援したくなるっていうのも人情ちゃうやろか。何の努力もしてなくてあかん人間よりは、努力してあかん人間のほうを人は好きになる。

だから、いまいち萌えない娘も、「努力しているにもかかわらずいまいちであること」がいいんであって、ただ、「いまいちであること」だけに意味があるんではない。

昔のわたしは努力した結果がいまいちやった。だから、許してもらえた。でも、途中から、わたしはいまいちであること自体を狙おうと方針を変えた。そのせいで、あざとさが見えたし、どこかで卑屈になってしまったところがある。

自分がいまいちやって主張して、いまいちにしか生きないのは、生き方として見苦しい。そんなキャラを好きになれへんのは当たり前やと思う。

わたし自身は、もっと上を、もっと萌えられるキャラをめざさんとあかんのや。そこで萌えるキャラになったら、もはや「いまいち萌えない娘」ではないことになってまうかもしれんけど、それはその時に考えればいいことやろ。

もちろん、これも一つの解釈でしかない。数学とかと違うから絶対に正しい答えが一つしかないようなものではない。

まして、いまいち萌えない娘はわたしだけが作ったものやない。滝野さんや柏原さんみたいな企画に参加してくれた人、イラストをネットにアップしてくれてる人、そんないろんな人によって作られてる。だから、解釈だって人の数だけあるべきやと思う。

でも、わたしが自分なりのこういう結論に至って、楽になれたのもほんまや。

「どうやら、いまいち萌えない娘は一皮剥けたようだな。これでしばらくは大丈夫だろう」

「ありがとうございます！」

わたしはキャラに似合わないぐらい、元気よく答えた。

こんなところで元気になったぐらいで、誰もキャラを壊してるとか言わんはずや。だって、ブースの売り子のレイヤーさんがすごく不機嫌そうやったら、いくら暗いキャラでもやっぱり嫌やろ？

「うむ。ところで一つ疑問なのだが」

生田部長のサングラスが一瞬、光った。少し気味が悪い。

「はい、何でしょうか……」

「どうして、そんなに猫背なんだ？」

「山登り中に変な方向にねじってしもたみたいで……」

背中を押さえながら、わたしは言った。嫌な感じの筋肉痛になってもた。昨日寝たらこむらがえりも起こしたし……。

やっぱり、歳なんやろか……。もう、山はしばらく行かんでええなあ。

「おいおい、早く回復してくれないと次のイベントに参加できないぞ」

「あの、次のイベントって……？」

「『いまいち登れない六甲全山縦走』だ。須磨浦公園駅から宝塚駅まで延々と六甲山系を突き進む。是非、リタイアせずに頑張ってくれ」

どうしよ……。

今の自分の顔、血の気が引いていまいちな感じになってるやろうなあ……。

「その顔、いまもえのオリジナルの顔にそっくりだな」

生田部長がサングラスの奥で少しだけ笑った。

あとがき

こんにちは、文章担当の森田季節と申します。

今回の企画は、ツイッターでいまもえさんと何か話したのが発端だった気がします。何回かメッセージが往復するうちに、だんだんと私が何か書く流れになりました。ちょうど、垂水の実家に帰省するタイミングにかこつけて、一度打ち合わせをいたしました。

ただ、最初は書くといっても、短編みたいなのをウェブ上に載せるぐらいのことしか考えてませんでした。なにせ、本にしようにも、神戸新聞総合出版センターで『いまいち萌えない娘』なんて本が出せるわけがないと思っていたからです。なので、直接お会いして、一冊の本にするという計画を聞いて、こう思いました。

無理やろ、と。

私は生まれて二十四年間は神戸市民でしたので、神戸新聞総合出版センターでどういう本が出されているかも、だいたい存じあげております。『ひょうご歴史の旅』とか『神戸文学散歩』とかそんなタイトルの本が並んでいるところです（だいたい合ってるはずです）。

そこに、『いまいち萌えない娘』という本が入るとか異種格闘技すぎる。異種格闘技どころか、プロレスの試合に将棋のプロが乱入するぐらい浮いてると思います。いくらなんでも無茶だろう……。

そのため、返事としては「やりますよ」と言ったあとでも、内心、会社の企画会議のようなところで落ちるだろうと思っていました。

「通りました」という連絡を受けて慄然としました。

この人たちは本気だ、腹を決めるしかない……。

それで、覚悟を決めて書いたのがこの本になります。率直に申しまして、幾度となく試行錯誤がありました。神戸新聞社さんのほうも私のほうも未経験の部分が多くて、戸惑う部分もありました。

それでも最終的には、神戸の愛と兵庫の愛といまもえへの愛で、どうにか形にすることができました。ご協力いただいた皆様、お読みいただいた皆様、本当にありがとうございます。

最後に。この本は公式の設定資料集ではないです。作中の設定は、著者の森田が一創作者の立場で作った部分もあります（一号・二号・三号は公式のキャラですが、名前は新聞社さんと協議のうえ、つけました）。多くの方によるアイデアの集合体である「いまいち萌えない娘」はこの本一冊の設定で縛れるものではありません。この本に書いてあることが気に入らなかったら、どうかまた別の「いまいち萌えない娘」を作っていただければうれしいですし、「いまいち萌えない娘」の世界観を広げることができたのなら、本書の役目も十分に果たされたのだなと思います。

それでは、皆様、素敵な「いまもえ」ライフを！

二〇一二年七月

森田季節

イラストを担当させていただきました朝霧ひろです。

いまいち萌えない娘とは一年半のつきあいになりますが、
彼女の成長とともにイラストの方も上達しているのかな？

萌えキャラという分類ですが萌えてはいけないという微妙な立場の彼女。

いつも「どうやったらいまいち萌えない風になるかなぁ」と考えながら筆をとっていました。

結果はどうであれ、皆さんに親しんでいただけるキャラになっていれば幸いです。

朝霧ひろ

いまいち萌えない娘　公式サイト
http://imamoe.jp/kobeimamoe/
twitter アカウント　@kobeimamoe

イラスト　朝霧ひろ

小説《しょうせつ》　いまいち萌《も》えない娘《こ》

2012年10月10日　第1刷発行

著　　者　森田《もりた》 季節《きせつ》
企画協力　神戸新聞社（いまもえ制作委員会）
発 行 者　吉見顕太郎
発 行 所　神戸新聞総合出版センター
〒650-0044 神戸市中央区東川崎町1-5-7
TEL 078-362-7140（代）　FAX 078-361-7552
http://www.kobe-np.co.jp/syuppan/
編集担当　西香緒理
印　　刷　モリモト印刷株式会社

ISBN978-4-343-00708-7 C0093